這一代的武林

《捌 潑天陰謀》

張小花——著

【目錄 Contents】

·第一章·

河北金刀王

金刀王單手抄起金刀拉個架勢道：「來吧！」這把金刀只怕得有百十多斤，他輕描淡寫地拿著就如同拿著一把花刀。金刀王手舞金刀一揮，王小軍就覺刀未到風先至，急忙退開。這把金刀在他手裡果然是金風霍霍，無堅不摧。

劉老六納悶道：「怎麼你們都入了武協了，還沒拿到相關的資料嗎？」

王小軍攤手道：「沒有啊，這玩意是有人發還是自己領？」

劉老六道：「先辦正事吧，五個委員你們湊得齊嗎？」

唐思思討好道：「六爺……」

劉老六警惕道：「別求我啊，我只出主意，不摻和，還有——你們欠我五萬點子費了。」

王小軍道：「值！」劉老六的點子雖然貴點，但大部分還是管事的。

唐思思道：「現在的問題就是怎麼湊夠五個委員了，我爺爺那邊我可不敢打包票，女人在唐門的地位你們是清楚的。」

陳覓覓道：「就往樂觀算，還差三個，要去哪兒找？」

唐思思忽道：「我們剛認識的那位衛魯豫，不知道在門派裡說了算不算？」

胡泰來猶豫地道：「咱們剛幫了人家一點小忙就求回報，這會不會太功利了？」

王小軍義正詞嚴道：「我幫他的時候可不是為了沽恩市惠，做人但求問心無愧。」

胡泰來讚嘆道：「說得好！」

王小軍表情一變，笑道：「所以這個任務就交給你，你去求他幫咱們一把，行就行，不行也沒關係，總歸認識好說一點嘛。」

劉老六聽了道：「我就知道！」

胡泰來咬牙說：「那我就試試！」

唐思思道：「我也去求我爺爺看看。」

王小軍彎著指頭道：「三票了，還差兩票！」

劉老六道：「不，還差一票。」

王小軍道：「什麼意思？」

劉老六遠遠一指：「因為有一票正朝咱們走過來。」

眾人隨著他手指的方向一看，只見一個高大的老者朝這邊走來，正是虎鶴蛇形門的張庭雷。

劉老六笑嘻嘻道：「我聽說你們跟老張頭已經化敵為友，但能不能爭取來這一票，就看你們夠不夠機靈了。」

王小軍朝身後諸人一揮手道：「你們各自行動，張老頭交給我。」

張庭雷早到了一天，閒得無聊在山莊裡到處閒逛，聽到這裡好像有人交手，便順著聲音找了過來，待見是王小軍也不意外，呵呵一笑道：「小子，你這是考試通過了？」他四下張望道，「大武呢？」

王小軍滿面帶笑地迎上去，抓住老頭的手使勁搖了搖，顧不上寒暄，直截了當道：「張老爺子，我想跟您借些東西。」

張庭雷道：「說吧，借什麼？」

王小軍道：「我想跟您借一票——」

他三言兩語地把事情一說，張庭雷愣了愣，反應過來道：「你這明明是有求於人，偏偏說成是借東西，小鬼，玩心眼你還嫩了點。」

王小軍死皮賴臉道：「那您借不借嘛？」

張庭雷轉眼看見劉老六，頓時恍然道：「你這個老東西也在這，他這套說辭是你教的吧？」

劉老六連忙擺手：「不關我事。」

張庭雷略一猶豫，正色問王小軍：「提議之後你再打算怎麼辦？」

王小軍老實道：「走一步看一步吧，我想保住鐵掌幫常委的位子，是不想讓余巴川趁虛而入，只要他進不了武協，主席給誰當我並不在乎。」

張庭雷沉吟道：「這可不是小事……」隨即苦笑一聲道：「罷了，這是你第一次求我，我就賣個面子給你，但是咱們說明白，我可是看在你的份上。」

王小軍沒口子謝道：「謝老爺子！」

陳覓覓道：「還有一票怎麼辦？」

王小軍見劉老六坐在那裡不動如山，眼珠一轉道：「有問題找六爺啊。」

劉老六翻了個白眼：「我早說了我只出主意不摻和，你就死了這條心吧。」

苦孩兒不樂意道：「六兒，你就幫幫他唄。」

劉老六高深莫測道：「其實我這個法子說簡單也很簡單。」

眾人齊聲道：「什麼法子？」

劉老六一指張庭雷：「他負責兩票！」

張庭雷瞬間愣住，然後抖著手道：「我這是做的什麼孽呀，老六，得寸進尺啊你這是。」

劉老六嘻嘻笑道：「送佛送到西嘛，你老張頭同門遍天下，別說再找一票，就是五票全託給你也……」

張庭雷趕緊道：「別說了，我就負責兩票！」

王小軍趕忙道：「謝老爺子！」

張庭雷哭笑不得地指著劉老六道：「每次遇見你——」又一指王小軍，

「還有你，總沒好事！」

張庭雷想了想道：「幫你拉票可以，但是你得自己出力。」

王小軍拍胸脯道：「老爺子您說我要怎麼出力？」

張庭雷道：「小軍跟我走，其他人散了吧。」

路上，張庭雷道：「要說我們虎鶴蛇形門，旁支是不少，但一來他們現在大多不在這裡，二來我也不願意求他們，所以我答應你的第二票要著落在別人身上，我只做個引薦。」

王小軍道：「好，那我領您情了。」

張庭雷搖頭道：「你爺爺那個人啊……在武協的時候行事太霸道，沒什麼人緣，所以還得費一番周折。」

王小軍道：「說到底，您要帶我去哪啊？」

「到了你就知道了。」

張庭雷領著王小軍繞過幾個路口，來到另一棟別墅前，王小軍頓時眼前一花——就見在門外的草坪上，十幾個彪形大漢面對面站成兩列，每人肩扛一把鬼頭大刀，這會天氣已涼，這些人卻都光著膀子，草地正中一個大漢正在演練刀法，那大刀讓他舞得寒光閃閃霍霍生風。

十幾步開外的地方，一個六十多歲的老者大喇喇地坐在椅子上，顯然是這些人的師父，正在指導他們刀法。

王小軍小聲道：「這是要幹誰啊？怎麼刀斧手都埋伏在門口了？」

張庭雷瞪了他一眼，隨即朗聲道：「老王，這麼勤奮？出來度個假還不讓徒弟們閒著？」

那坐在椅子上的老者看了張庭雷一眼，一笑道：「原來是老張啊，你怎麼有工夫逛到我這兒了？」

張庭雷招手道：「來，聊兩句。」

倆老頭看著還算有交情，那老者示意徒弟們暫停，從椅子上站起來道：「有事？」

張庭雷指著王小軍道：「這孩子你認識嗎？」

那老者掃了一眼王小軍道：「不認識。」

張庭雷道：「這就是王東來的孫子。」

「王小軍？」那老者應聲道。

王小軍有求於人，滿臉諂媚道：「見過老前輩。」

那老者道：「你最近風頭很盛啊。」

王小軍連聲道：「不敢不敢，都是浪得虛名。」

張庭雷道：「小軍，這位就是大名鼎鼎的河北金刀王，武林裡一般說的金刀王家說的就是他。」

王小軍意外道：「原來是王老前輩！」

金刀王又掃了他一眼，懷疑道：「你認識我？」

王小軍道：「金刀王家誰不知道——」他笑嘻嘻道，「我聽說您有把金刀，每次都得鏢局專人專車護送。」

金刀王聽有人說起他的軼事，不自覺地滿臉得意，對王小軍態度也有了轉變，笑呵呵道：「好說，你跟老張頭是怎麼認識的？」

張庭雷道：「我們虎鶴蛇形門和鐵掌幫都在……」

王小軍截過話頭道：「我跟張老前輩學過東西，受益匪淺。」

張庭雷頗為意外，讚許地看了王小軍一眼。

金刀王點頭道：「好，年輕人謙虛好學是應該的。」

張庭雷道：「我領這孩子來找你不是聽你倚老賣老的，是有事求你。」

「有事求我？」金刀王疑惑道，「我能幫他什麼？」

王小軍道：「前輩，是這樣的，您也知道我爺爺消失很久了，按規定，這次大會開幕前他要再不露面就要被除名了，我是想借您委員手上的提議票一用，好讓我爺爺能再待下去。」

金刀王背起手，沉吟片刻道：「這事啊……我跟你爺爺沒什麼交情，我為什麼要幫你？」

王小軍沒想到老頭說話這麼直接，不禁又看看張庭雷。

張庭雷賣著老臉道：「這裡面不是還有我的面子嘛?!」

「別的事都好說，這可不是小事，王東來占著茅坑不拉屎，往後挪挪也是應該的，再說——」金刀王神色閃爍道，「就算暫時不讓他解職，以後能不能出現也很難說吧？」

張庭雷不悅道：「大家都是江湖人就別廢話了，這樣吧，讓這孩子跟你討教幾招，算是交個朋友，你幫了他這次，他欠你一個人情，以後常來常往嘛。」

金刀王嘿然道：「怎麼，鐵掌幫出了一個王東來還不夠，現在連他孫子也想仗勢欺人？你們這不是討教，是上門逼我來了！」他手下的弟子們頓時對王小軍怒目而視。

王小軍道：「王老前輩您誤會了，我是一直仰慕您的風采……」

金刀王甩手道：「少來這套，既然你找上門來了我也不囉嗦，你要是能勝得了我，你說什麼都行！」

金刀王的大弟子越眾而出道：「師父，我打發他就夠了。」

張庭雷淡然道：「我看不夠——老王啊，要我說還是你親自出馬比較好，省得人家說你們人多欺負人少。」

金刀王喝道：「好！我跟他打！」

張庭雷衝王小軍遞個眼色，王小軍抖手道：「我真的得和他打嗎？」

張庭雷在他耳邊小聲道：「你是怎麼對付我的，就怎麼對付他！」

王小軍哭笑不得，這才反應過來張庭雷哪是什麼「引薦」，根本就是來坑金刀王的，但想到老張和劉老六關係那麼鐵，能想出這樣的主意也就不奇怪了。

金刀王脫掉外面的衣服，露出俐落的馬褂，直視著王小軍道：「你用什麼兵器？」

王小軍攤手道：「我們是鐵掌幫，我只會用掌。」

金刀王哼了一聲道：「那我得言明在先，拳腳掌法我們都不擅長，所以我還是用刀，你要覺得吃虧那就作罷，我當從沒有過這事。」

王小軍道：「老爺子請便。」

金刀王又道：「這樣吧，你要是能和我走上五十招就算我輸，我這麼大歲數，總不能占你個小孩子的便宜。」

王小軍道：「不用……」

金刀王打斷他，厲聲喝道：「拿我金刀來！」

這時有弟子捧著一把大刀走了出來，王小軍一看吃了一驚——這把刀竟然是純金打造的。

張庭雷見王小軍吃驚的樣子，湊近他道：「老王頭家底厚，這把刀除了刀柄和刀刃是合金以外，都是純金的，但他用金刀不是為了顯擺，是為了運用金子的重量，所以你小心點，這老頭不好對付。」

金刀王單手抄起金刀拉個架勢道：「來吧！」這把金刀只怕得有百十多斤，他輕描淡寫地拿著就如同拿著一把花刀。

王小軍咋舌道：「好力氣！那我就不客氣了。」

他雙掌一晃搶先攻上，金刀王手舞金刀一揮，王小軍就覺刀未到風先至，急忙退開。金刀王冷笑一聲，左一劈右一砍又是兩刀，這把金刀在他手裡果然是金風霍霍，無堅不摧。

王小軍深覺頭疼，金刀王這麼大的名聲自然不會是什麼好對付的主兒，就拿張庭雷來說，這老頭的武功也不比他低，只是不留神輸了一招而已；想到這兒，他沉心靜氣，繞著金刀王穩紮穩打，漸漸地展開了攻勢。

王小軍在那邊叫苦，金刀王這會也吃驚不小。他見王小軍年紀小，就真把他當成了「孩子」，心想五十招內就可結束，結果這「孩子」掌法凌厲沉穩，熟極而流，儼然已是一等一的高手，他心裡直懊悔：明知對方是王東來的孫子還這麼輕敵。接著他悚然一驚，照這樣下去，五十招內怕是分不出勝負！

老頭這一起急，手上愈發快了。張庭雷背手觀戰，大聲道：「注意，馬上就三十招了！」

第三十招一過，王小軍開始逐漸搶攻起來，金刀王微微冷笑，把金刀舞得密不透風，他就是要特意看看王小軍攻不攻得進來。

金刀王自幼膂力過人，成人用的大刀他十來歲就能玩轉，而且很快就嫌輕了，於是二十多歲那年打造這把金刀。有了這把利器，他如虎添翼，別人無論刀法怎麼精湛、技藝怎麼高超，碰上他的金刀總要鎩羽而歸。

原因很簡單，武術界有句話叫一力降十會，他能把金刀耍得跟別人的柳葉刀一樣飛快，只要乒器相撞，別人的刀不是斷就是飛。就像同是開車，別人開法拉利也好，開布加迪也好，他開的是一輛大貨車，管你的車多麼酷炫，跟大貨車一撞都是垃圾，今天他的金刀對上王小軍的肉掌，無論如何也不信這個邪。

王小軍慢慢摸透了對方的路數，眼見金刀劈來，左掌一引將刀刃避開，右掌拍在刀身之上，金刀王只覺一股大力傳來，金刀差點脫手，不由得驚出了一身冷汗，他重新牢牢握住刀柄，暗叫聲「好險」。

其實王小軍這一掌並沒有用全力，怕的就是讓老頭顏面掃地，大貨車撞人，只要一擊不中就得重新調整方位，這也正是金刀王的致命弱點，王小軍手下留情之後，一個勁地給對方使眼色，卻見對方滿臉僥倖，知道自己讓得還不夠明顯，只得再找機會。

又是幾招過後，王小軍借金刀王招式用老的當口，一掌拍在刀背上，這次他仍是留了餘力，那金刀喀啦一聲把水泥地劈了個壕溝。

金刀王的徒弟們見師父威勢驚人，喝起彩來。金刀王心中猶疑，他清楚這一刀其實是出了問題，但轉瞬想王小軍到底年輕，修為不過如此，所以才沒趁虛而入，聽徒弟們叫好，他自己也陶陶然起來。

王小軍嘆了口氣，看出這老頭很遲鈍，自己不但賣乖，幾乎都要賣萌了還一點沒覺察出來，所謂送人情，總得對方領才行，看來自己讓得還不夠明顯。張庭雷在一旁看得明白，可又不能說破，只有跟著乾著急。

金刀王這會兒被一種自我感覺良好的情緒包裹著，覺得再有十招怎麼也該拿下對手了，他有意炫技，單手綽著這把百多斤的金刀輕飄飄地往前一刺，姿勢優美，威力卻十足；王小軍迅速貼上，掌上裹挾著纏絲手、游龍勁，於一剎那鬼使神差地把金刀從老頭手裡搶了過來。金刀王神色大駭。

也是於片刻之間，王小軍壓根沒有接手，而是又硬生生地把金刀塞進了金刀王的手裡，為了吸引旁人的注意力，他誇張地大叫一聲，接連退出十幾步遠，然後抱著胸口喘息起來。

金刀王愕然，接著恍然，這孩子明明是在放水啊，他手握金刀，呆呆地站在當地。

張庭雷如釋重負，搶先喝道：「好！果然不愧是老前輩，功力深厚啊。」他是在替金刀王打掩護，讓別人以為王小軍是被他的內功彈開的。

一干弟子洋洋得意，喊好喝彩不斷。

王小軍「喘息」了半天站好道：「多謝老爺子手下留情。」

金刀王狠狠瞪了他一眼，把金刀往地上一插道：「臭小子，你……」

王小軍忙道：「老爺子，不管這個忙幫不幫，都是我對不住您在先，在這裡先給您賠個罪，您要是實在有難處，我也不勉強。」

對方先自認理虧，老頭怒火稍減，猶豫再三，厲聲道：「我要是就不幫你呢？」

王小軍道：「那我現在就走，絕不囉嗦。」

金刀王嘆了口氣道：「我該怎麼做？」

王小軍驚喜道：「老爺子你肯幫我啦？」

張庭雷道：「你什麼都不用做，明天有人問你的時候，你點個頭就行了。」

金刀王怒目張庭雷道：「你這個老小子陰我！」

張庭雷苦笑道：「江湖代有新人出，我不是陰你，是讓你跟我共勉。」

金刀王聽話裡有話，詫異道：「你也讓這小子……」這才仔細地打量著王小軍，道：「小子，以後來河北的時候別忘了來拜訪我老人家，你要有心，我教你幾招刀法。」

王小軍笑嘻嘻道：「拜訪是肯定的，但是刀法就算了，我家裡窮，打不起金刀，就算您送我一把，我也付不起那麼貴的快遞費。」

金刀王哈哈一笑道：「快滾吧，臭小子。」

回到分手的地方，唐思思和胡泰來他們也都回來了。

王小軍道：「你們的事情辦得怎麼樣了？」

唐思思道：「我爺爺答應了，他說你替我們唐家堡擋過一回賊，這次是還你一個人情。」

胡泰來道：「大勝拳的掌門也同意了，不過他的說法跟思思她爺爺一樣，也說是為了還你一個人情。」

王小軍笑道：「不管怎麼樣，肯幫忙就好。」

張庭雷這時又問王小軍：「大武呢？他不會是考試沒過吧？」

王小軍道：「哪啊，我們幾個是走了後門免試，大武兄不肯沾這個光，所以他明天才能來跟您相會。」接著把在少林裡的事說了一遍。

張庭雷點點頭道：「好，大武這孩子也算有骨氣。綿月大師肯對你青眼有加是你的運氣，以後你們的路還長，結識這樣的人物有好處。」

晚飯的時候，山莊並沒有安排大家在一起吃，而是挨個按人頭送到房間。住宿更是如此，胡泰來作為黑虎門的掌門有單獨的住處，唐思思則被安排到唐門所在的別墅。陳覓覓的住處離鐵掌幫的別墅還有一段距離，王小軍和她徜徉在山道上，邊走邊閒聊。

陳覓覓道：「明天你就要正式在武林裡露面了，感覺怎麼樣？」

王小軍一笑道：「說決戰更合適點。」

陳覓覓道：「那我們就假設一切順利，你爺爺的席位不丟，余巴川的野心沒有得逞，武協大會以後你有什麼打算？」

王小軍攤手道：「說實話我也不知道，其實我一直在想這個問題，我阻止余巴川到底有什麼好處？或者說，加入武協有什麼好處，又沒工資，又沒有萬人景仰。」

「那你最終找到答案了嗎？」

王小軍道：「找到了，我之所以跟余巴川作對，不是個人恩怨，而是因為他要針對的是鐵掌幫；這就好比祖宗給我留下一個豆腐攤，我不想幹是一回事，但你來砸攤我可不答應。」

兩個人又默默往前走了一段，王小軍道：「武協的事一完，我想我還是找個工作是正經，畢竟就算我當了鐵掌幫的幫主也算不上是份職業，而現實生活中的壓力卻是實實在在的，我現在也是有老婆的人了，不能再以和人打架為重心啦。」

陳覓覓見他又要開始胡說八道了，嫣然一笑道：「到了，王少幫主請回吧。」

王小軍左右張望道：「你師兄他們都沒來，你一個人住在這兒不害怕嗎？荒山野嶺的。」

陳覓覓笑道：「說句托大的話，這山上我還不怕誰，不過你除外。」

王小軍嘿然道：「我有什麼可怕的？」

陳覓覓臉一紅道：「好了好了，我要去睡了。」

王小軍指指臉上道：「主動點。」

陳覓覓知道不遂了他的心願還得糾纏半天，乾脆大方地親了上去，不料王小軍一把將她抱在懷裡，陳覓覓道：「你再不走，我可對你不客氣了。」

王小軍涎皮賴臉道：「來呀，我看看你這段時間功夫有沒有長進。」

就在這時，就聽有人吃驚道：「師叔？」

兩人急忙分開一看，卻見周沖和站在房門口驚訝地看著兩人。王小軍尷尬地放開陳覓覓，不自在地看著天。

周沖和狠狠瞪著王小軍，眼裡似乎要噴出火來，又恭敬地對陳覓覓鞠了半躬道：「師叔好。」

陳覓覓也尷尬道：「你……也好，不是說你們明天才到嗎？」

周沖和道：「師父讓我來打個前站。」

「哦。」陳覓覓也不知道該說什麼了。

王小軍小聲道：「我可不放心讓你和他在一個屋子裡。」

陳覓覓這會也慌了神，對周沖和道：「我們再去逛逛，你先睡吧。」

周沖和欲言又止，只得道：「是，師叔。」

王小軍和陳覓覓逃跑一樣離開那裡。王小軍道：「你還是跟我回我那裡吧。」

陳覓覓道：「我是武當派的，卻跑去鐵掌幫住一夜，傳出去讓人家看笑話嗎？」

王小軍道：「反正我是不會讓你回去的。」

這時兩人置身在一處斷崖邊，周圍全是參天古樹，陳覓覓忽然道：「你還記得青城山上那位『老前輩』嗎？」

王小軍笑道：「你說的是那個怪老頭嗎，別說，他那身行頭跑到武協大會來也能唬住不少人。」

王小軍眼珠一轉道：「你是說咱倆在樹上湊合一夜？」

陳覓覓看看近處一棵樹的高度道：「不知道你有沒有這個本事。」她騰空而起，腳在樹幹上一踩，高高地躍到了樹枝上，挪動了一下身子道：「就是上面地方太小，待不下兩個人。」

「好辦！」王小軍劈手把就近的粗壯樹枝拍斷，隨手扔了上去，陳覓覓瞬間了然，把那些樹枝搭在一起，兩個人齊心協力，很快就在樹頂上搭建起一張巨大的床。

陳覓覓舒服地躺在樹床上伸了個懶腰，王小軍仰著臉眼巴巴道：「拉我上去啊。」

陳覓覓低頭看著他，掩口嬌笑道：「喲，你不說都把你忘了。」

陳覓覓跳下來，拉著王小軍的手道：「跟著我的步伐，身子放鬆。」說著再次騰空而起。

王小軍隨著陳覓覓身形到樹幹中間，此時兩人開始下墜，陳覓覓甩手把王小軍拋上樹頂，接著一口氣吐故納新，只微微一墜又輕飄飄地跟著上來。

這張樹床上擠下兩個人後頓顯局促，陳覓覓不自覺地靠在王小軍身子上，警告道：「你可要老實點。你爺爺留下的秘笈裡不是也有輕功嗎？怎麼不見你再有進境了？」

王小軍嘆道：「借著張庭雷的內功心法，我能讓全身內力逆流，算勉強把第六張磁碟裡的內容補上了，可是因為沒有連續性，第七張磁碟上的東西無論如何也練不下去了。」

陳覓覓思索道：「鐵掌幫的內功存在著極大的隱患，偏偏第六張磁碟裡的內容丟失，所以你直到現在也沒被反噬，這說不定是天意。」

兩人此刻面對漫天繁星，心中都充滿著柔情蜜意，隨口閒聊，不知不覺就到了東方泛白的時候。睏到極點的時候二人相擁入睡。

·第二章·

大會開幕

大會將在正午前開幕，地點在逸雲山莊的大禮堂，和王小軍他們一起趕奔會場的人熙熙攘攘就有小一百號。禮堂的主席臺兩邊分別寫著六大派的名字，武林豪傑們聚會，老友新朋寒暄招呼不斷，會場內外熱鬧非凡。

陳覓覓再睜眼時已經日上三竿，剛要起身，忽聽樹下人聲嘈雜極其熱鬧，她撥開一條縫隙往下看去，只見斷崖邊上是一道臺階，這時各式各樣的武林人士正在沿階而上，彼此說說笑笑，一副絡繹不絕的樣子。

陳覓覓大吃一驚，急忙碰了碰王小軍，王小軍微微翻個身，張嘴就想打哈欠，陳覓覓趕緊捂住他的嘴，低聲道：「別出聲！」

王小軍瞬間清醒道：「怎麼了？」

「你看。」陳覓覓讓開那條縫隙給王小軍。

王小軍只看了一眼也驚詫道：「這……這想必是上山的必經之路，咱倆放著那麼多樹不睡，偏偏睡到人家『迎客松』上了！」

陳覓覓不停地張望下面，喃喃道：「現在怎麼辦？」

王小軍不明所以道：「什麼怎麼辦？」

陳覓覓急道：「咱們怎麼下去？」

王小軍也同一時間想到了這個問題──這一大早，一男一女從樹上下來怎麼跟人解釋？

王小軍抓狂道：「哎喲！我的名節呀！」

陳覓覓拍了他一把道：「都這時候你還有心思說笑。」想了想道，「要不然咱們等下面沒人的時候再下去？」

王小軍道：「那得等到猴年馬月去，這一整天肯定都有人上山。」

兩人在樹上說話，下面頓時有人察覺，一個四十多歲的中年人指著樹頂道：「上面有東西在動！」

馬上有人應和道：「沒錯！」

又有人道：「瞧那窩的規模，說不定是隻大鳥。」

這會正是眾人一起上山的時候，不一會工夫就在樹下圍了一大圈人，有善於打暗器的便道：「大家讓開些，我往上打兩鏢，看看到底是什麼東西？」

王小軍無語道：「這些人怎麼這麼無聊？」

這時，有個清脆的聲音道：「別打，我上去看看。」說話的正是峨眉派的郭雀兒，王小軍急忙叫道：「別上來，我要下去了。」

下面眾人一起大驚道：「是人！」

王小軍露出個頭來憤憤道：「可不是人嘛？」他對陳覓覓道，「我先下去，你找機會再說。」說著雙手抓住樹幹來回倒替，慢慢地爬了下來。

郭雀兒意外道：「王小軍？」

王小軍笑嘻嘻道：「四叔早啊。」郭雀兒身後是江輕霞和韓敏，王小軍一併打了招呼。

那個發現了他們的中年人道：「你在樹上幹什麼？」

「上面……涼快。」

郭雀兒抬頭觀察著樹頂道：「你是怎麼上去的？」王小軍的本事她還是瞭解的，這麼高的樹下來容易，要上去就難以辦到了。

「是我拉他上去的。」陳覓覓輕飄飄地飛了下來，她見躲無可躲，只得現身。

陳覓覓性子磊落，兩人既然無愧於心，她也沒什麼可避諱，只是再磊落在旁人看來也是欲蓋彌彰，在場的人都露出了那種曖昧而意味悠長的笑容。

江輕霞似笑非笑地看著王小軍道：「你們倆好興致啊。」

王小軍攤手道：「誰沒年輕過啊？」

這種事說也說不清，還不如承認算了。

果然，眾人一聽王小軍「坦白」，反而都失去了興趣，有人道：「大會就要開始了，快走吧。」

王小軍心裡一急，也道：「走，咱們不要遲到。」唯恐討論爺爺的席位時自己不在場。

江輕霞道：「不急，六大派不到齊，按例是不能開始的。」

就聽人群裡有人冷冷道：「好威風的六大派呀！」

江輕霞順聲望去，見那人穿一件帽T，聲音嬌嫩，身材窈窕，顯然是個姑娘，江輕霞道：「這位妹妹是哪位？」

不料那姑娘只是淡淡道：「我只是個無名小卒，不勞江掌門掛念。」說著，與眾人擦身而過，竟然連面也沒露。江輕霞只得衝韓敏吐了吐舌頭。

大會將在正午前開幕，地點在逸雲山莊的大禮堂，和王小軍他們一起趕奔會場的人熙熙攘攘就有小一百號。到了會場一看，王小軍更是意外，這裡已經聚集了一大幫人，大概有三四百的樣子。

說是大禮堂，平時最多也就接待百多人，與會者不能都進，主辦方索性將大門打開，禮堂內有名牌的人可以進場，其他人只能待在外面的露天處。禮堂的主席臺兩邊最顯眼的地方擺放著六張桌子，分別寫著六大派的名字。

武林豪傑們聚會，老友新朋寒暄招呼不斷，會場內外熱鬧非凡。

王小軍見王石璞已經坐在鐵掌幫的桌後，剛要上前說話，人群中忽然一陣騷動，原來是淨禪子到場了。

老頭穿著一身洗得發白的道袍緩緩走入。所過之處，不管是各派掌門還是有名望的武林名士都躬身行禮，淨禪子面帶微笑不停拱手示意，他身後還有三人，分別是淨塵子、靈風還有周沖和。

淨禪子忽然見陳覓覓就在身前，微笑道：「師妹，你瘦了。」轉臉對王小軍道：「王小軍，你是不是虐待我師妹了？」

唐思思和胡泰來也過來見過淨禪子，唐思思道：「小軍，你和覓覓去哪了？怎麼一晚上沒見著人？」

周沖和神色一閃，緊緊地握住了拳頭。

王小軍把手在腿邊揮了揮道：「去去，別哪壺不開提哪壺。」

靈風上前一步道：「王小軍，等會開完了我來找你。」

王小軍愕然道：「你找我幹什麼？」

陳覓覓微笑道：「這還用說，靈風師兄來武協就是找人打架的。」

靈風在武當山上和王小軍過了幾招沒分出勝負，至今念念不忘，他看王小軍的眼神熾熱而充滿期待，估計要不是場合實在不合適，不然早就衝上來了。

這邊眾人在會場聚集，一時間逸雲山莊豪傑雲集。

王小軍和一些舊相識比如張庭雷、唐家父子打過了招呼，祁青樹並未到場所以沒能見著；又謝過了新結識的金刀王，金刀王雖然帶了十幾個弟子，但正式場合不是武協會員的弟子不能出席，所以只有大徒弟相隨。人頭紛雜中沒找到衛魯豫和他的師長，只能暫時作罷。

這時圓通走上主席臺，在麥克風前道：「諸位前輩、武林同仁，武協大會即將開幕，下面有請六大派掌門入座。」

眾人安靜，淨禪子帶著靈風等人坐到了主席臺右手第二桌武當派的桌後，王石璞衝王小軍招手，鐵掌幫在主席臺左手第一的位置。

王小軍對胡泰來和唐思思道：「我上去露臉去啦。」

剛入座，就見華濤帶著華猛坐到邊上那一桌，王小軍忙帶笑招呼道：「華掌門、華兄，別來無恙啊。」

隨著淨禪子的入席，江輕霞也坐到了峨眉派桌後，她們位置靠著武當，在右手最邊上。而右邊緊挨著主席臺的，自然是少林派，此刻卻空無一人。

王小軍再往華山邊上看去，見一個黃臉老者不苟言笑地獨自坐在那裡，正是崆峒派的掌門沙勝。六大派的掌門裡，王小軍只差少林和崆峒的沒見過，此時又認識了一位。

這次武協大會，王小軍和江輕霞屬於新人，也聚集了最多的目光，江輕霞剛正式執掌峨眉一年，與會者大多數沒見過她，沒想到峨眉派掌門居然是這麼一位年輕貌美的女郎。而王小軍屬於惡名在外，他大鬧武當山和唐門婚禮、又單挑了青城派，眾人都對他充滿好奇，待見是一個嬉皮笑臉的少年，不禁都感愕然。

六大派裡，只有少林一席至今空無一人，少林是毫無爭議的武林第一大派，妙雲方丈又是泰山北斗，最後亮相也屬應該，眾人都在翹首以待。

這時卻見綿月緩緩走上主席臺，致歉道：「向各位告個罪，我師兄因偶染小疾，暫時不便和大家見面，所以這次大會由我臨時主持，望各位多多包涵。」

大家面面相覷，有人小聲道：「妙雲大師內外兼修，怎麼這當口病了？」

馬上有人道：「老和尚七十多歲了，精力不濟也正常，就算一兩年內不退休，少林派掌門的位子遲早還不是綿月大師的？」

當下有人恍然道：「妙雲方丈怕是就要借這個機會向武林宣布他已經有讓賢之意？」

眾人紛紛道：「沒錯。」於是會場上有不少人七嘴八舌地表示了對妙雲的問候之外，也順便隱晦地表達了對綿月的祝賀。

綿月按按手道：「我師兄只是小恙，大家不必多想，我只是臨時被抓來幹活而已，你們可不要搞出什麼狗血劇情來喲。」

眾人哄笑，深為綿月的機智和應變折服。

綿月正色道：「好，下面我宣布武協大會正式開始。六大派的掌門大家都不陌生，但以防有些深居簡出的老前輩迷糊，我還是正式介紹一下。」

他從主席臺最左邊開始，先介紹了崆峒派掌門沙勝，接著是華濤，王東來並未到場所以直接略過，到右邊同樣跳過少林派，又介紹了淨禪子和江輕霞。

引薦完六大派，綿月又開始介紹下面的賓客，大禮堂最前面兩排坐的都是一些老前輩，他們或是代表門派而來，或是以個人身分參加，這些人武功未必有多高，但江湖是最講究論資排輩的地方，所以鄭而重之地被安排在前面。

再後面就是一些有頭有臉的各派掌門，即是武協的委員。張庭雷、胡泰來、唐門、金刀王家等都赫然在列。綿月挨個指點，大禮堂裡一百多位客人，他介紹到一多半時，竟然沒半句打結的地方，人們暗暗稱奇，愈發佩服起這位少林高僧來。

委員們介紹完畢，綿月道：「這次大會人數眾多，外面的朋友恕我不一一引薦，希望大家私下裡多親近親近。按慣例，接下來要亮相的是本次武協考核通過的新會員，咱們雖是武林豪傑，不過我還是希望大家能給他們一點掌聲。」

下面的人邊笑邊鼓掌，綿月面對後臺道：「有請新會員。」

從後臺裡當先走出一個年輕人，綿月朗聲道：「這位是滄州猴形拳劉小亮。」

眾人愕然，因為委員裡並沒有滄州猴形拳這麼一個門派，相互詢問後，才知道這個劉小亮是別的委員推薦才得以有考核資格，這一門一直在武林裡不聲不響，直到現在才出了一個武協會員。

第二個是海南無影針趙聰，也屬於以江湖散人的身分通過考試的。唐德坐在下面吹鬍子瞪眼，唐缺考試不過很讓老頭上火，尤其是連這種二三流的人物都成了會員。

新會員們接二連三地出來，在主席臺上站了一排，王小軍伸長脖子張望道：「青青呢？」不光他在找人，張庭雷也在等大武出來。

待第十八名新會員露相已畢，綿月道：「這就是本次所有的新會員了，諸位前輩要對他們多加引導多多指教。」

王小軍詫異道：「沒有青青？」

王石璞也意外道：「難道是青青沒通過考核？」

「不會！」王小軍篤定道：「考試內容對青青來說並不算難。」他挨個把十八個人看了一遍，發現不但沒有段青青，連武經年也沒出現，不禁喃喃道：「這群黑馬……也太黑了吧？」

胡泰來和唐思思本來也在等著給段青青喝彩，此刻大眼瞪小眼，唐思思掏出電話撥了半天，遠遠地朝王小軍攤了攤手，看來電話沒打通。

綿月道：「好，新人見面會告一段落，下面──」

他話音未落，會場中一個白髮老者遽然站起，大聲道：「不對，這裡面怎麼可能沒有我徒弟？」

還不等綿月說話，已經有人訕笑道：「沒有你徒弟說明他沒通過考核唄，你這麼說不是自曝家醜嗎？」

也有人問：「你徒弟叫什麼？」

那白髮老者眸子中精光爆閃，厲聲道：「我徒弟是點蒼派丁青峰！」

先前說話的兩人頓時寂然，點蒼派是武林裡赫赫有名的劍派，只不過偏於一隅，派內高手名聲在外，但本人卻不太被人熟識，這老者是點蒼派掌門瓦督，劍法十分了得，丁青峰「點蒼神劍」的名頭這裡大部分人也都聽過，他考試不過要說是實力不濟，這話卻是誰也不敢說出來。

綿月道：「瓦兄稍安勿躁，令徒說不定是偶爾發揮失常，讓他明年再來也就是了。」

瓦督見綿月說話了，極力克制道：「我徒弟絕不會發揮失常，臺上這些人誰能接住他三招兩式？憑什麼他們都能過，我徒弟卻被刷下來了。」

圓通冷冷道：「您是說我們在考核的時候有所偏袒嗎？」

瓦督一時語結，接著又道：「他考試不過也就罷了，為什麼連本人也聯繫不上了？」

圓通嗤笑道：「這話越說越奇怪了，難道我們少林派還偷你點蒼派的人不成？」

綿月示意他住嘴，微笑道：「瓦兄，青峰年輕氣盛，沒過了考試覺得愧對師長，暫時聯繫不上也是正常的，會後要是還找不到他，我也不會坐視不管。」

瓦督無奈，只得憤憤然地坐下了。

王小軍偷眼瞧張庭雷，發現老頭臉色也很不好看，但以他的性子自然不會主動去聯繫大武，王小軍一時沒了頭緒，覺得這裡面必有蹊蹺。大武的武功他也瞭解，如果說他沒能通過考試是因為發揮失常還勉強可信，但段青青無論如何不該被淘汰，再加上丁青峰，這事可越來越撲朔迷離了。

胡泰來越過幾排座位來到張庭雷面前，小聲要了大武的電話，打了半天也衝王小軍搖搖頭，看來他也覺察出不對勁了。

王小軍撓頭道：「這些人……到底去哪了，難道是考試不過集體離家出走了？」

帶著滿腦子疑問，新人亮相已經告一段落，綿月清清嗓子道：

「下面處理一條提議——根據武協規定，任何人包括常委在內，十八個月無故失蹤即被取消職務，鐵掌幫王東來掌門到今日為止已滿這個期限，也就是說，按規定，他的常委主席一職即刻就該卸任，但是由虎鶴蛇形門、河北金刀王、山東大勝拳、黑虎門以及唐門聯合提議，他們建議延長王掌門的任期，下面就此提議請到場的常委們商討決定。各位委員和在場的朋友也可以各抒己見。」

只見下面的人竊竊私語，王東來消失的這段時間，各種傳聞不脛而走，此刻這件事被公然提出來，人們自然誰也不願意先說什麼。

綿月道：「大家不用有顧慮，暢所欲言就是了。」

下面一個四十多歲的中年人大聲道：「我們說了管什麼用，這種事最後還不是六大派說了算，大師和幾位掌門做主就行了。」

這人就是在樹下發現了王小軍和陳覓覓那人，這老兄除了身材高大之外，穿著打扮更像是一個事業有成的商人。

綿月笑道：「程總鏢頭快人快語，你的『快遞』生意還好做嗎？」

王小軍這才知道，這就是隆興鏢局的總鏢頭程元邦。

程元邦往上拱拱手道：「承蒙在座各位好朋友們捧場還過得去，這兩天買賣尤其火爆，所以我是最愛開武協大會的一個了。」

眾人哄然大笑，看來程元邦借著武協大會的機會幫人運送兵器，賺了不少錢。

綿月也笑笑道：「程總鏢頭說得也在理，幾位掌門對此事是怎麼看的？」

綿月說完老半天，自左而右，沙勝、華濤、淨禪子誰也不搭腔，江輕霞這次主要目的就是為王小軍助威，張口想力挺鐵掌幫，韓敏在她後面拉了她一下，微微地搖了搖頭。站隊歸站隊，她們代表的畢竟是峨眉派，如果表現得太過草率反而會減弱威信力，所以讓江輕霞先觀望一下再行動。

會場上一時陷入安靜，場面頗為尷尬。

綿月左右看看，微笑道：「那我可就按順序來了——沙掌門，你說兩句吧。」

沙勝板著一張蠟黃的臉道：「有什麼好說？規矩就是規矩，身為主席難道不該以身作則嗎？要是人人都想投機取巧，事到臨頭拉攏幾個委員隨便甩個提議，武協還有存在的必要嗎？」

王小軍嘿然，從種種跡象看，沙勝確實和余巴川沆瀣一氣，這種時候終於證實了這一點。

綿月道：「那麼沙掌門的意見是……」

沙勝斷然道：「我不同意延長王東來的任期。」他頓了頓道，「我想請各位也想一想武協為什麼會有這樣的規定，在咱們這一行混，打打殺殺是免不了的，規定十八個月不露面就取消職位，就是出於特殊的考慮。說句不好聽的，一年半不出現，那多半不是殘了就是死了，主席一位責任重大，武協不能群龍無首，所以才有了這樣的規定。我說得沒錯吧？」

王小軍縱然沒心沒肺，這時也握緊拳頭。

王石璞掃了沙勝一眼道：「沙掌門言重了吧？」

沙勝冷冷道：「重不重你們自己心裡清楚，在座的各位也跟明鏡一樣！」下面諸人眼看好戲上演，都靜靜地等著看這兩大幫派互掐。

綿月擺擺手道：「表達清楚自己的觀點就好——華掌門，你的意思呢？」

華濤十指交叉放在桌子上，圓滑地道：「這事吧，容我好好考慮一下，要說類似的情況武協以前還沒發生過，咱也沒個借鑑啊。」這話說了等於沒說。

綿月道：「華掌門到底同不同意延長王掌門的任期呢？」

華濤笑嘻嘻道：「我再想想，再想想。」

王小軍無語，不過華濤這樣的表現他也不意外。

綿月也頗為無奈，鄭重道：「道長，該您了。」

淨禪子淡然道：「誠如沙掌門所說，之所以設定十八個月為期，確實有這個因素的考慮。不過我想現在不至於，一來現在是文明社會，你們見誰還沒事就跟人拼命？二來，武協的設立也是為了防止同道之間好勇鬥狠，協會也要順應潮流嘛，我建議以後大家把我們的協會定位在一個『共同興趣』的俱樂部性質，不要把它看成不良幫會似的。」

眾人相視而笑，這位武當掌門的太極拳居然打到少林派的二號人物頭上來了，一番話說完，既沒有表達明確的是或否，又不至於言之無物，比華濤可高明多了。

綿月道：「那麼，就目前的提議，道長是同意還是反對呢？」

眾人不禁莞爾，綿月這招大巧若拙也用得極好。淨禪子打太極，他就非要打破砂鍋問到底，少林功夫堂皇正大，果然眼裡不容沙子。

淨禪子道：「那就要看情況了。」

綿月愕然道：「看什麼情況？」

淨禪子笑呵呵道：「看令師兄妙雲大師是真病還是假病、如果是真病，是大病還是小病；如果是小病，他願不願意受累再多擔一個職務。」

淨禪子一串話把綿月說得直發愣：「道長這是什麼意思？」

淨禪子微微嘆口氣道：「意思就是我有顧慮啊。」

「呃，道長有什麼顧慮盡可說出來。」

淨禪子道：「好，那我就直話直說了——如果王東來掌門不再擔任主席的職務，那這個職務按理就該由妙雲禪師擔任，可他現在躲清閒不願意出來；老道說句厚臉皮的話，這職務八成就要落到我頭上，我今年也七十多了，武當一大家子的事都夠我忙得頭昏眼花，若是再加上武協主席，老道可受不了。所以我的態度全在妙雲禪師那，他如果肯撥冗出來幹活呢，我怎麼都好說，如果他還只想念他的佛，可別怪老道要出花招了。」

眾人哈哈大笑，看來少林的金剛掌最終不敵武當的太極拳，淨禪子借力化力，竟然把不在場的妙雲禪師也牽扯進來了。

王小軍心裡一塊石頭算是稍稍落地，見陳覓覓偷偷衝他做了一個鬼臉，想來是她「腆著小臉」計畫起作用了。

綿月搔了搔剛長出的毛髮，也嘿嘿一笑道：「好吧，道長不肯表態我也不勉強——江掌門……」

江輕霞不等他說完，直截了當道：「我同意延長王前輩的任期。」

綿月道：「好，現在除了華掌門還要『想一想』，剩下三位是一票反對一票贊成……」

沙勝面無表情道：「貴派既為東道主，怎麼把自己給忘了，就算妙雲大師不在，他的師弟表態也是一樣的。」

綿月擺擺手道：「規矩不能亂，我可不能越俎代庖。」現在到場的四大掌門一票贊成一票反對，另外兩位態度曖昧，已勢成僵局。

沙勝忽然對華濤道：「華掌門，武協主席一職事關重大，這你不反對吧？」

華濤愕然道：「不反對。」

沙勝道：「那我問你，如果王東來一天不出現，一個月不出現，乃至一年也不出現，這個位子是不是形同虛設？」

華濤這才明白他這是要強行拉票，不禁小聲嘀咕：「怎麼衝我來了？」含糊道：「我想也不至於一年都不出現吧？」

沙勝道：「如果就是呢？大不了明年武協的時候某些人再找幾個委員弄個提議，一年拖一年，這個位子豈不是被他鐵掌幫包了？」

華濤無奈道：「這話……也不是這麼說。」

沙勝道：「所以我說沒什麼可討論的，規矩就是規矩，王東來十八個月消失不見，他的主席位子就該即刻讓出，你身為常委，這一點該明白才是。」

華濤搖頭道：「沙掌門也說了，主席一職事關重大，咱們宣布王掌門離任簡單，可是又該選誰當下一任主席呢？」

沙勝皺眉道：「華掌門的意思是，除了王東來就沒人有這個資格了嗎？」

華濤道：「當然不是，少林的妙雲大師和武當的淨禪子道長都是再合適不過的人選，可是妙雲大師是方外之人，向來對俗務不感興趣；淨禪子道長也有言在先，不想多受這份累，有了這個前提，人選的事上可就讓人犯難了。再論下來，雖說沙掌門也是個人選，不過你一力主張換屆，到時候你當了頭兒，肯定會有些好搬弄是非之徒說你是覬覦主席之位才這麼做的，傳出去對沙掌門的名聲總是不好嘛。」

他這番話綿裡藏針，暗諷對方有野心，讓沙勝碰了個軟釘子，華濤雖然看起來唯唯諾諾，畢竟也是六大常委之一，你主動欺負到我頭上，我也不讓你舒服。

沙勝冷冷道：「華掌門年富力強，也是不錯的人選。」

華濤連連擺手道：「這個『也』字當不起，我這個人就愛獨善其身，能力也有限，主席的位子是不敢想的。」

沙勝沉著臉道：「那怎麼辦，就這麼耗著嗎？」

這時淨禪子道：「沙掌門所說的也確實是個問題，我看這樣吧，咱們就再設定一個期限，王掌門如果現身那就最好，萬一逾期，咱們再另外推舉一人就是了。」

沙勝無語道：「這……」他的本意是即刻取消王東來的職務，沒想到淨禪子一句話扯到時間問題上去了。

華濤道：「不知多長時間合適呢？」

江輕霞道：「就六個月吧，王東來前輩如果兩年還不履職，鐵掌幫也該無話可說了。」

沙勝冷笑道：「你說得輕巧，半年之後我們這些常委未必能順利到齊，其實一拖又是一年，你這算盤打得真精啊。」

華濤道：「不如就以三個月為期？」

沙勝道：「那還是一樣！」

江輕霞咯咯一笑道：「那以沙前輩的意思呢？」

沙勝舉起三根指頭道：「三天，我最多只能接受三天。王東來三天不到，咱們正好重選。」

王小軍小聲問王石璞：「武協大會一般開幾天？」

王石璞道：「正式會議就是三天，有時候有意外情況，多個一兩天也正常。」

王小軍喃喃自語道：「三天不管事啊……萬一余巴川掐著點兒來呢？」現在鐵掌幫只有他和大師兄，毫無對付余巴川的把握，王小軍唯恐余巴川在大會期間趁虛而入。憑青城派的影響和余巴川的武功，他大可提出頂替鐵掌幫，這是王小軍最擔心的。

江輕霞出聲道：「三天時間，沙掌門也太沒誠意了。」

沙勝道：「王東來對武協有誠意，也不會十八個月不露面了。」

王小軍霍然站起道：「一口價，十天！」

沙勝詫異道：「你說什麼？」

王小軍道：「我要求不多，只求各位掌門寬限我十天時間去找我爺爺。」

沙勝道：「你當這是做買賣嗎？說什麼一口價，可笑！」

王小軍面對眾人道：「諸位前輩，關於我爺爺失蹤，坊間已有不少傳聞，我可以開誠佈公地告訴大家，我爺爺長期不露面確實和練功有關，至於到底如何，十天之後我一定給大家一個交代。」

臺下頓時一片嘩然，王小軍這幾句等於承認了王東來走火入魔！這無異於是一個驚雷炸開！

王石璞小聲道：「小軍你幹什麼？十天後你怎麼辦？」

王小軍低聲回道：「先混過這一關再說。」

沙勝冷冷道：「王東來走火入魔，十天就能逆轉天命嗎？你以十天為期，以為我們看不出你的用意嗎？」

王小軍盯著他道：「沙掌門覺得我有什麼用意？」

沙勝哼了聲道：「誰也不是傻瓜，半年、一個月、十天對你來說其實都是一樣的，到時候武協一樣早已結束，你爺爺離職的事情就會不了了之，這種小聰明騙得了誰?!」

淨禪子擺擺手道：「既然鐵掌幫的人提出來了，那就是十天的期限，十天後他再不出現，主席一職自動撤銷，至於沙掌門的顧慮——」淨禪子一笑道，「現代科技這麼發達，咱們完全可以開視訊會議嘛。」

沙勝沉思片刻，鄭重道：「淨禪子道長發話了，我也不好再說什麼，但我也有一個要求！」

淨禪子道：「請講。」

·第三章·

潑天陰謀

「可是為什麼余巴川現在都沒有出現？」陳覓覓皺眉道：「我相信余巴川一定就在附近，余巴川在鐵掌幫裡唯一懼怕的就是你爺爺而已，這麼好的機會他為什麼不用？」

王小軍道：「你是說他還有更大的陰謀在等著咱們？」

沙勝道：「武協閉幕以前，咱們幾個常委要推選出幾個主席候選人來，十天之後不管什麼原因，一定要從候選人中儘快選出新的主席，任何人不得推諉拖拉。」

淨禪子點頭道：「可以。」

陳覓覓朝王小軍微微點頭，意思是暫時只能做到這一步了。淨禪子代表的是武當，就算有心偏袒，也不可能做得太過。

沙勝追問道：「其他幾位掌門的意見呢？」

華濤巴不得這事早結，連聲道：「我同意。」

江輕霞也只好道：「我也同意。」

綿月微笑道：「好，那就以十天為期限，大家靜候王掌門歸來。武協會議期間，還要勞煩幾位常委推舉出幾個候選人來，五位委員的提議如此了結，你們還滿意嗎？」

五個委員其實大多事不關己，也一起點頭。

綿月道：「主席暫缺可以，鐵掌幫常委的位子也還空著，王靜湖未到，石璞兄，看來這位子非你莫屬了。」

王石璞擺擺手，一指王小軍道：「這位子是他的。」

「什麼？」眾人亦吃了一驚，武協常委那是何等尊崇的地位，六大派無一不是威名赫赫的幫派，也無一不是由掌門親自擔任常委，江輕霞年紀輕輕擔任常委那是情非得已，見王小軍無非是二十出頭，讓他擔任常委豈不是像兒戲一樣？

王小軍自己也嚇了一跳，小聲道：「大師兄，你這玩得有點大吧？」

果然，沙勝冷笑道：「王石璞夠不夠常委資格都在兩說，他居然又推了一個毛頭小子出來，鐵掌幫是把武協當成了扮家家酒的地方嗎？」

王石璞道：「我師叔王靜湖因事不能到會，在沙掌門看來，我未必夠格，王小軍更不入你的法眼，那依你的意思，乾脆取消我鐵掌幫的常委資格好了！」

沙勝道：「如果所託非人那就不如不託，取消你們的資格也沒什麼不應該。」

王石璞反駁道：「從來武協常委就是六大派，而且是老子傳兒子、師父傳徒弟一直傳下來的，如果我鐵掌幫因為幫中變故，常委身分被取消了，你崆峒派也該一樣，沙掌門卸任之後就該也讓出常委的位子。有了咱們兩派的先例，六大派豈不是都得循例？」

沙勝一時無語，王石璞一句話牽出了六大派的利益，他才明白自己中了人家布好的局，哼道：「你當常委也就罷了，王小軍當就不行！」

王石璞瞪大眼睛道：「這就奇了，沙掌門是要插手我們鐵掌幫幫內事務嗎？」

沙勝不屑地道：「他一個乳臭未乾的小孩子，懂什麼叫常委？」

王小軍道：「我知道你為什麼反對我當常委，就因為我打過你幫中弟子和你師弟。但他們都是咎由自取，你不該公報私仇。」

沙勝怒眼圓睜，喝道：「你放屁！」

綿月臉一沉道：「沙掌門，請自重。你反對王小軍當常委，有什麼具體理由嗎？」

沙勝賭氣道：「沒有！」

綿月道：「武協當初推舉出六大派，至於具體派中哪一位擔任常委卻並無要求，旁人也不便置喙——」忽然探身衝王小軍伸出手道，「王小軍，恭喜你。」

沙勝還想說什麼，王小軍邊和綿月握手邊對他道：「你誰也說不過，快別說話了！」

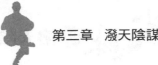

打此刻起，王小軍終於成為武協的六大常委之一。綿月微笑道：「這麼年輕的常委，不但前無古人，只怕也後無來者了。」

王小軍道：「多謝大師。」他朝左右各位掌門拱拱手，又向臺下揮手致意，儘管做出一副老成持重的樣子，洋洋自得之意還是表露無遺。臺下眾人無不失笑，但鐵掌幫餘威猶在，孫子接爺爺的班，誰也說不出個什麼。胡泰來和唐思思等人更是起身鼓掌。

綿月道：「好了，會開到現在大家還沒吃飯，現在就請到餐廳用餐，下午的會上要處理一些武協內部的事務，務必不要遲到。」

大夥兒早就餓火難耐，聞言一哄而散。

江輕霞起身來到王小軍面前笑咪咪道：「王常委，恭喜啊。」

王小軍道：「同喜同喜。」他雖然向來不拿這些虛名當回事，此刻也不禁有些發飄。

陳覓覓好笑道：「還知道自己姓什麼嗎？」

胡泰來和唐思思也湊過來嘻嘻哈哈地打趣他，王小軍道：「走走，吃飯去。」

到了餐廳，圓通遠遠地看見王小軍和陳覓覓，就帶笑迎上道：「六大派的人請到雅間就座，兩位裡邊請。」

王小軍一愣，說道：「不必了，我和朋友在一起就好。」

圓通道：「這是規矩。」

王小軍嘿然道：「這都是陳年舊規，我們新人自有我們的規矩。」

圓通尷尬道：「呃，好……」

餐廳採用的是自助式，除了給特定的人準備了素齋，其他的一應俱全，四人找了張桌子拿了吃的，一邊吃一邊四下張望。

胡泰來感慨道：「來了武協真長見識啊。」對王小軍道：「你作為新上任的常委，應該去雅間陪陪各位掌門的。」

唐思思也道：「而且那裡面你應該感謝的人不少，綿月大師、淨禪子道長，江輕霞就不說了，嗯，華濤其實也是向著你的。」

王小軍道：「這些人怎麼會在乎這個，再說特地道謝太著痕跡，還是以後慢慢拜訪吧。」說到這，他笑嘻嘻道，「要說感謝，我得先謝謝你和覓覓，你倆的『小臉』都很有用啊。」

胡泰來道：「我呢？」

王小軍笑道：「你雖然沒有小臉，但好在已經混成了老臉。」

唐思思道：「謝天謝地，總算一切順利，可惜青青沒能來這裡和咱們團聚。」

王小軍一頓道：「你們聯繫上唐缺了嗎？」

唐思思搖搖頭，又道：「以唐缺的性格，聯繫不上是正常的，可是我就奇怪青青、大武還有那個丁青峰怎麼會一起失了聯？」

王小軍推測道：「青青如果考試不過，不管什麼原因，肯定會第一個給我大師兄打電話如實彙報的。」

胡泰來接口道：「大武也不敢讓張庭雷老爺子找不到他。」

說到這，幾個人都把筷子放下了……大會上沒時間細想，這時他們越來越覺得這裡有古怪。

胡泰來狐疑道：「第三天的考試內容就是初試的升級版，應該難不倒這三個人，那麼——第三天的考試考的是什麼？」

「這簡單，找考過的人問問不就知道了？」

王小軍左右一瞄，見那位滄州猴拳的劉小亮端了盤西瓜恰好從邊上經過，一把拽住他道：「劉兄！」

劉小亮見是武協的「新貴」跟他說話，忙道：「您有事嗎？」

干小軍愣然道：「怎麼稱呼上『您』了？咱們其實也是同學，你可不要跟我客氣。」

劉小亮果然放鬆了許多，道：「小軍兄找我什麼事？」

王小軍道：「我想問一下，你們第三天考的內容是不是特別難呀？」

劉小亮道：「呃，這個怎麼說呢，第三天並沒有再考較功夫，而是筆試。」

「筆試？」胡泰來他們也大覺意外，一起問：「那是什麼？」

劉小亮道：「就是複試考過以後，每人發了一本武協章程讓回去背會，第三天就考了些章程上的問題。」

王小軍扶額道：「所以我師妹才被刷下去了嗎？」

他有點明白了，讓這些武林高手去做題，不就跟讓學霸們一天之內學會一套拳是一樣的麼？

不料劉小亮道：「不是的，你師妹是在第二天的考試就被淘汰了。」

「怎麼可能？」王小軍難以置信，追問道，「丁青峰和武經年呢？」

劉小亮道：「他倆也一樣，都沒過複試。」

「難道真的是失常而已？」王小軍鬆開劉小亮，喃喃自語道。

胡泰來也不住搖頭道：「這三個人的水準都早已超出了新人水準，怎麼會一起失手？」

唐思思提醒道：「別忘了唐缺也是這種情況。」

王小軍見陳覓覓在出神，在她面前點了點道：「想什麼呢？」

陳覓覓恍神了一下才喃喃道：「太順了……我在想咱們也太順利了。」

唐思思怪道：「順利不好嗎？」

陳覓覓問王小軍：「咱們來武協是為了什麼？」

王小軍道：「阻止余巴川啊。」

「可是為什麼余巴川現在都沒有出現？」陳覓覓皺眉道：「我相信余巴川一定就在附近，而且武協裡肯定有他的眼線，上午討論是否保留你爺爺常委席位的時候應該是他最好的發難機會，可是他卻沒有出現；甚至你承認你爺爺練功出了問題，他還是沒出現，余巴川在鐵掌幫裡唯一懼怕的就是你爺爺而已，這麼好的機會他為什麼不用？」

王小軍道：「你是說他還有更大的陰謀在等著咱們？」

陳覓覓道：「但願是我想多了。」

唐思思道：「說到眼線，不用懷疑別人，沙勝就是一個，你看他對小軍咬牙切齒那樣子就知道了。」

陳覓覓聽了道：「沙勝雖然討厭，好在沒什麼心機，這樣的人不足為懼。」

唐思思道：「他的師弟和門人胡作非為，這樣的事武協總該會管吧？一會兒小軍就狠狠告他一狀！」

王小軍搖頭道：「你又沒證據說是他唆使的，甚至他可以說至今都不知道這些事，只要一推六二五，咱們就沒辦法。」

胡泰來道：「我也有這樣的感覺，這些常委也好，委員也好，他們關心的都是誰的面子大，誰的排場足，要讓他們幹事，卻是誰也不願意費這個腦子。」

午飯時間過後，人們三三兩兩地往大禮堂走。王小軍他們恰逢唐德帶著兩個兒子和唐傲經過，王小軍上前道：「唐老爺子，我還沒正式謝您呢。」

唐德因為唐缺的事，看起來不大高興的樣子，只是隨便點了點頭。

王小軍小聲道：「暗器譜還沒著落嗎？」

唐聽雨道：「我們這次來武協，也是為了這件事，下午我們準備向武協提出援助請求。」

王小軍道：「說起來，神盜門有人會來參加武協大會嗎？」

唐聽風道：「這些都是邊緣人，自然不會來。」

唐傲道：「就像明星開演唱會，不會請轉賣門票的黃牛一樣。」

王小軍好笑道：「傲兄總結得精到。」

唐傲道：「我也還沒恭喜你榮任常委。」

王小軍擺手道：「我是怎麼回事大家心知肚明，還是不用客氣了。」

唐思思對陳覓覓道：「偷真武劍的罪魁禍首你也跟淨禪子道長說明了吧？別再讓什麼『驚鴻劍』背鍋了。」

陳覓覓道：「那是自然，但是以我師兄的性格，他肯定會私下解決，不會在武協大會上提出。」

唐聽雨道：「如果只是神盜門那還不難對付，那個蒙面人才事關重大，我總有個感覺，他必定就在會場裡，我們把這件事公之於眾，是引蛇出洞也好，是敲山震虎也好，這才是我們的主要目的。」

說話間到了會場，人已經基本到齊。

綿月又上了主席臺道：「下午的會主要是解決一些武協的內部事務，各位，有什麼意見或者建議儘管提出。」

綿月說完，臺上臺下都無人說話。唐德雖然有官司要打，不過他希望暗器譜的事能得到專門處理，所以也在觀望，看別人有什麼雞毛蒜皮的事情需要先解決。

王小軍深覺唐聽雨的話有理，蒙面人說不定就在這裡，不覺將目光往全場掃視，尤其是前兩排的老前輩們，老頭們可能是真的上了年紀，一個個無精打采、或是不停上廁所，沒一個像有精力策劃大陰謀的。

綿月靜待了片刻道：「沒有人發言嗎？」他笑道，「武協這幾年可是越來越太平了，如果沒人發言，那就要進入下一階段了。」

王小軍問王石璞：「下一階段是什麼？」

王石璞小聲道：「武協開會，重頭戲自然是比武較量，不然你以為那些練家子大刀長矛地運來幹什麼？」

王小軍咋舌道：「那打急眼了怎麼辦？」

王石璞道：「所以武協才出爐了各種限制條例，不然這麼多『英雄豪傑』，素有嫌隙的，甚至相互有仇的都不在少數，早就打出腦漿子來了。」

王小軍又道：「打贏了有什麼好處？」

王石璞嘿然道：「打贏了有座位，有面子，你道咱們鐵掌幫為什麼是六大派之首？」

王小軍瞬間明白，原來這個緊靠主席臺的位子是當年爺爺憑一雙鐵掌打回來的，他憂心道：「那咱們鐵掌幫的座次豈不是不保？」

王石璞淡淡道：「都這時候了，就不要想這些了。」

綿月又問了一遍還是無人搭腔，唐德正要站起發言，就聽一個清脆的聲音道：「我有事！」

江輕霞瞇縫著眼睛道：「原來是她。」

說話這人身材窈窕，穿一件帽T，正是早晨出言譏諷江輕霞的女子。

她大步從外面走進來，會場上的人情不自禁地低嘩了一聲，此時女子帽子已經放下，只見她高鼻薄唇、細眉杏眼，長得極其美貌，且有一股不怒自威的氣勢讓人不敢心生歹念，如果說江輕霞長在柔媚，這女子則有一種清冷的氣質，可謂跟江輕霞各有勝場。

會場上，十成裡有九成九都是男人，這時見有個絕色麗人出現，忍不住擠眉弄眼道：「又來一個美人！」

綿月略一遲疑道：「這位姑娘是……」武林裡少有他不認識的人，看來這姑娘還是個生臉。

不等那姑娘說話，沙勝已經沉聲道：「沙麗，你來這裡幹什麼？」

下面頓時有人道：「難怪，原來是武林四大美人之一的沙麗。」

一遇這種話題，自然又有人接口道：「沙麗是誰？武林四大美人都有誰啊？」

王小軍也豎起耳朵想知道下文，綿月已經道：「原來是沙姑娘，你來這裡所為何事啊？」

沙麗伸手一指沙勝，大聲道：「我是來彈劾我爺爺的！」

「嗡——」眾人一片譁然。孫女要彈劾爺爺，這事可稀奇了！

沙勝面沉似水道：「沙麗，你又胡鬧！」

綿月擺手示意眾人安靜，困惑道：「這……彈劾二字從何說起？沙姑娘，這裡是武協大會，我們只談武協事務，如果你們幫內糾紛或者是親人之間鬧脾氣，我們可不管。」

下面一片哄笑，眾人也覺沙麗無非就是找爺爺撒嬌來了，眼見她一個不到二十歲的小姑娘，口口聲聲說要彈劾自己的爺爺，不是鬧脾氣還能是什麼?!

沙麗走到主席臺下，掃視四下，冷冷道：「如果他違背了武協的原則、觸犯了武協的條例呢？」

綿月再次示意眾人安靜，說道：「沙姑娘，說話可是要講證據的，就算對方是你爺爺也是一樣。」

「好，我來和他對質。」沙麗躍上主席臺，目光灼灼地盯著沙勝道，「爺爺──為了公平起見，我稱你一聲沙掌門，你縱容門下作奸犯科、違法亂紀，這些事你認不認？」

這幾句話一出，眾人相顧驚愕，王小軍也驚訝得長大了嘴。

沙勝厲聲道：「沙麗，你鬧夠了沒有?」

沙麗淡淡道：「好，你不說那我來說。」她面向臺下，字字清楚道：「前段時間發生了幾件大事，先是美國拳王雷登爾在比賽之前受殺手暗殺，幕後黑手的目的就是為了操縱比賽，賭博作弊；然後是無價之寶金玉佛在展出之日被搶，金玉佛的主人金信石也險遭綁架，幹這兩樁大案的不是別人，就是崆峒派沙掌門的師弟以及門人。」

眾人目瞪口呆，一起望向沙勝，無不震驚。

王小軍也遠遠地和陳覓覓胡泰來他們交換著眼神，喃喃道：「這崆峒派……怎麼窩裡鬥起來了？」

沙勝神色不變，並不置一詞。

沙麗道：「沙掌門，就此你沒有什麼可說嗎？」

沙勝道：「有什麼可說的？如果證據確鑿的話，自有警方來管；再有，就算是他們做的，跟我有什麼關係？我只是他們的師兄，誰也不能說他們幹這些就是我唆使的，現代社會難道還有『連坐』一說嗎？」

沙麗冷笑道：「這話應付別人可以，咱們都是江湖人，門派的意義在座的都明白，沒有你的默認，他們敢幹這麼悖逆的事嗎？」

沙勝木然道：「說來說去，你還是沒有證據。」

沙麗道：「那我就給你證據——十幾天以前，孫立到幫中找你，那時候他綁架金信石的事已經鬧得沸沸揚揚，你明知他是主犯，為什麼不抓住他交給武協或是警方？別說你打不過他，他身上臉上可都帶著傷呢。」

王小軍和胡泰來對視了一眼，聽時間正是孫立計畫失敗，被胡泰來和唐思思聯手打傷的那幾天。

沙麗又道：「事後你怕他連累你，所以悄悄把他送走了，你以為這一切都無人知曉，卻沒發現我就在一旁，甚至給你們拍了合影。」

沙勝臉上肌肉抖動，嘿然無語。

沙麗大聲道：「武協設立的宗旨，就是為了規範武林人士，尋釁滋事、好勇鬥狠這些都是大忌，更別說縱容包庇門人違法亂紀，沙掌門身為六大常委之一竟然還這麼做，不知各位武林同仁有何感想？」

眾人都等著沙勝的辯解，卻見他不說不動，臉上神情古怪，既像是憤怒，又像是困惑。

綿月道：「沙掌門，你有什麼要說的嗎？」

沙勝搖了搖頭。

綿月又問沙麗：「沙姑娘，你說要彈劾沙掌門，有什麼具體所指嗎？」

沙麗朗聲道：「首先，作為武協會員，我建議取消沙勝的常委資格；其次，作為崆峒派門人，我已經徵詢過幫內長老和其他弟子的意見，我們一致同意撤銷沙勝幫主之職。」

此言一出，禮堂內外一片寂然。武協自成立以來還沒有發生過彈劾常委的事，今天算是頭一遭。

綿月對沙勝道：「沙掌門，對沙麗指控你的罪狀，你有什麼要解釋的嗎？」

沙勝搖搖頭。

綿月一皺眉頭道：「這麼說你是承認了？」

沙勝不置可否道：「雖然孫立幹的那些事不是我唆使的，但他來找我，我總不能真把他交給警方。」

綿月語氣嚴厲道：「身為武協成員，你包庇縱容門人行凶，還配當常委嗎？」眾人從未見過他如此怒氣衝衝的樣子，會場上壓力驟然升高！

沙勝只是搖頭，似乎是不想多說。

綿月道：「諸位常委、委員，事情已經很清楚了，下面就崆峒派掌門沙勝在武協的去留問題進行投票，大家有什麼意見？」

華濤率先道：「我建議革除沙勝武協常委一職。」

沙勝不能繼續擔任常委幾乎已經是既成事實，他說孫立做的事和他無關，誰都能看出只是一種無力辯解，這且不說，就憑他作為武協常委放走孫立一事就能讓他下臺。

在這種時候，華濤是不介意先當惡人的，趁勝追擊和痛打落水狗也是秀存在感的好方法，想鞏固自己的位置，華山派可不能永遠和稀泥。

王小軍自打沙麗出現就進入看戲模式，這時不禁嘀咕道：「這小妞把我要幹的事都幹了，而且幹得很漂亮啊！」

綿月望向淨禪子道：「道長，你怎麼說？」

淨禪子淡然道：「事關重大，還是先看看委員們的意思吧。」

江輕霞道：「我也同意將沙勝革職。」

綿月點點頭，道：「小軍，你也是常委了，你的意見呢？」

王小軍道：「我沒意見。」

「那就是說你也同意革職的提議？」

王小軍下意識地點點頭，他看看沙勝，只見沙勝木著一張臉，毫無表示。

綿月朗聲道：「在場的四位常委中，已有三位同意將沙勝革職，下面進行委員投票，有不同意見的請舉手。」

下面的與會者此時大多已經有了從眾心理，少數人本來還在猶豫，但綿月說的是有意見的舉手，自然也不會有人冒這個大不韙。

綿月道：「全票通過——」

他剛要宣布結果，淨禪子道：「且慢，撤銷沙勝武協常委一職我沒意見，但還是建議保留他武協會員資格，以觀後效。」

陳覓覓奇道：「師兄，這是為什麼？」

這時沙勝緩緩站起道：「不必了，我宣布自此刻起，本人不再和武協有任何關係，至於崆峒派掌門的位子也一併辭去。」

他面對淨禪子，慘然一笑道：「道長，你保留我武協會員的資格，是怕我找在場的某些人報復，想留下個制約我的把柄，你小瞧我了，我沙勝不是那樣的人。」他看了一眼沙麗道，「至於沙麗，她是我孫女，我又能對她做什麼呢？」

沙勝說完這番話，慢慢從臺上走下來，又慢慢從眾委員之間走向門口。王小軍眼見他背影佝僂，已是一個風燭殘年的老人。沙勝不停地和他作對，此時身敗名裂被逐出武協，本來是件該值得高興的事，不知為什麼王小軍心裡卻有一絲惻然。

圓通大聲道：「既然不是武協成員，請即刻下山，不得逗留！」

沙勝猛然回頭瞪了他一眼，圓通不禁退了半步，沙勝冷冷地笑了兩聲，這才走出了大門。

綿月憤憤道：「害群之馬！」

眾人無不惘然，不知道下面該幹什麼了。

這時沙麗脆聲道：「我聽說只要是六大派，幫中出了事並不影響門人擔任常委——」她大步走到沙勝以前的位置上道，「那我就當仁不讓了。」

綿月道：「呃……各位有什麼看法？」

有王小軍做先例，其他常委也就借坡下驢地點著頭，委員們更不會有什麼異議，而且所有人都覺得，這姑娘年紀雖輕，但使出的雷霆手段一點也不比老而彌辣的前輩們遜色，竟然隱隱的對她有種畏懼感。

綿月道：「今天是什麼日子，居然有兩位新常委上任，大家鼓掌。」

在掌聲中，沙麗只是矜持地點了點頭。華濤邊鼓掌邊笑咪咪道：「沙姑娘，你今年芳齡方便透露嗎？」

沙麗毫不扭捏道：「我今年二十歲。」

綿月笑道：「我才剛說像王小軍這麼年輕的常委前無古人，這點肯定是沒錯，不過後無來者卻說錯了，沙姑娘比他還小一歲，是貨真價實的最年輕常委。」

王小軍笑嘻嘻道：「我是帥不過三秒。」

臺下一片笑聲，氣氛也緩和了不少。

綿月道：「崆峒派孫立係為武協會員，以後大家行走江湖，如遇到此人，請務必把他緝拿歸案，此人武功甚高，大家要在有把握的前提下再行動。」

眾人知道這無疑是江湖通緝令，一起凜然答應。

綿月見沙麗一直站著，招呼道：「沙姑娘，你請坐吧。」

沙麗道：「我不坐，因為我還有一個問題想當著眾位的面問問。」

綿月道：「請講。」

沙麗道：「我想知道所謂的六大派是怎麼選出來的，根據是什麼？」

華濤剛想回答，沙麗擺擺手阻止了他，繼續道：「我知道，武林嘛，能者居之，說白了就是武功高的人說了算，這也很正常。」

眾人愕然，不知道她要說什麼，王小軍卻覺得這兩句話無比順耳，比那些虛頭巴腦的粉飾要痛快得多。

沙麗質問道：「我唯一不明白的是，這六大派選出來的就這麼一直不換人了嗎？是不是以前幫裡出過幾個厲害人物，他的子子孫孫都要受祖輩的餘蔭，就算沒什麼本事也可以占住一個座位？就這麼世世代代的下去，這個門派的後人哪怕不會一點武功了，仍然有資格當武協的常委嗎？」

王小軍聽她話風急轉，哭笑不得道：「怎麼又衝我來了？看來崆峒派是世世代代要和鐵掌幫過不去啊。」

眾人一聽這話也都一起看向王小軍。

不料沙麗忽然遠遠看著江輕霞道：「江掌門，你們峨眉派不覺得臉紅嗎？」

江輕霞被問了個大愣怔，脫口道：「你什麼意思？」她也以為沙麗的矛頭指向的是王小軍，錯愕之下被打了個猝不及防。

沙麗道：「你們峨眉派自武協成立就是常委，初期或許還有些貢獻，可是到了你師父那一代，開會就只會應景，唯唯諾諾毫無建樹，到了你這更是連存在感都沒有了，你們峨眉除了空擔著一個常委的名頭，對武協有什麼用？」

峨眉三姐妹一起變色道：「你放肆！」

沙麗無動於衷道：「如果你們現在主動放棄常委的席位，我還能誇你們一句有自知之明，可是要一直這麼賴著，就沒意思了吧？」

江輕霞霍然站起，柳眉倒豎道：「你想幹什麼？」

綿月也被鬧了個莫名其妙，揮手道：「兩位息怒，這……這是什麼情況？」

下面的人也是驚詫莫名，不知道為什麼剛才還其樂融融，忽然就劍拔弩張起來。

華濤臉上紅一陣白一陣，沙麗說峨眉派的話，換上他華山派的名字攻擊效果幾乎一模一樣，他假作勸解道：「沙姑娘，你新官上任三把火可以理解，不過怎麼衝自己人來了？」

沙麗冷笑道：「有些難聽話老前輩們不好說，那就由我來說，在座的中，論資歷論武功，有不少人和門派已然強過六大派，憑什麼常委的位子就長在這六大派的屁股下面？咱們既然是武協，那就以武功論英雄，有誰能勝過我們這六個常委的，我們的位子就該由人家替上，我這麼說也是為了武協好，我也同樣歡迎大家來挑戰我。」

華濤結巴道：「你……就算你的提議被通過了，也該由別人挑戰咱們六大派才對，你怎麼能挑戰峨眉派呢？」

沙麗道：「我挑戰峨眉派，純粹是不服她們而已。」

江輕霞怒極而笑道：「好啊，無非是找碴打架嘛，誰怕誰?!」

王小軍看得發暈，下意識地問王石璞：「大師兄，崆峒派和峨眉派有什麼積怨嗎？」

王石璞緩緩搖頭，遲疑道：「這裡面……恐怕沒那麼簡單。」

沙麗盯著江輕霞道：「你說對了，我就是想找你打架，你敢不敢下個賭注，誰要是輸了，誰就退出武協？」

江輕霞杏眼圓睜正要答應，韓敏在她身後拉了一把，沙麗說那句話的時候她就知道要壞，這時忍不住出面干預。

江輕霞也瞬間冷靜不少，這畢竟關係到峨眉派的榮辱存亡。她道：「沙姑娘，我們峨眉和你崆峒向來並無恩怨，你這麼做到底是受了誰的指使？」

沙麗道：「答應就打，不敢應戰就退出武協，說這些有什麼意思？」

韓敏淡淡道：「六大派誰去誰留不是你說了算的，我們贏了你，也不會強迫你退出武協，再說，要以武功的高低論的話，當初王東來幫主在的時候，誰也打不過他，那豈不是他一個人包攬所有的職務就行了，還要六大派幹什麼？」

·第四章·

二美相鬥

沙麗道：「大師不必多勸了，她已經同意和我比試，我這麼做也是為了武協正本清源，少些尸位素餐的人。」

江輕霞道：「少囉嗦，外邊請！」

兩個女孩一起大步往門外走，大禮堂裡裡外外的人轟然相隨，生怕誤了這場好戲。

沙麗冷臉道：「淨繞彎子，你們到底答不答應？」

韓敏道：「你若只想應證武功，歡迎你來峨眉，我們去崆峒拜訪也無不可，不過我們掌門也不是誰想挑戰就出手的。」

沙麗挑釁道：「你們掌門怎麼了，她是常委，我也是常委，她是峨眉掌門，我稍假時日就是崆峒掌門，身分地位一點也不比她低，你們推來推去，只不過是心虛不想露怯而已。」

王小軍自告奮勇道：「沙美女想活動活動手腳的話，不如我陪你走上幾招？」

沙麗譏誚道：「喲，這麼快就有人憐香惜玉啦？江掌門能穩穩地坐上常委的位子，靠的就是貌美如花嗎？」

王小軍翻個白眼，他算是徹底對崆峒派沒了好感，本來沙麗彈劾沙勝，他以為會帶來新人新氣象，沒想到沙麗挑撥是非的本事比沙勝還要厲害。

沙麗的這句話卻戳中了江輕霞的痛處，她最忌諱的就是別人叫她花瓶掌門，這時怒道：「好，那我就跟你切磋切磋。」

韓敏小聲道：「掌門，還是讓我來吧。」

江輕霞擺擺手道：「人家叫的是我的號，我要再一味後退，咱們峨眉也沒什麼面子。」

綿月見鬧得不可開交，苦笑道：「兩位，你們這是鬧的哪一齣，我可看不懂了。」

沙麗道：「大師不必多勸了，按武協的規矩，她已經同意和我比試，我們的較量並不違規，我這麼做也是為了武協正本清源，少些尸位素餐的人。」

江輕霞道：「少囉嗦，外邊請！」

兩個女孩一起大步往門外走，大禮堂裡裡外外的人轟然相隨，生怕誤了這場好戲。

胡泰來走過來道：「這是什麼情況？」

王小軍搖搖頭。

唐思思道：「難道是崆峒派的一齣苦肉計？」

王小軍道：「那未免也太苦了，而且毫無必要，爺爺想把位子傳給孫女，只要交代一句就是了，何必把自己鬧得身敗名裂？」

胡泰來道：「江輕霞雖然年輕，可沙麗年紀更小，她敢挑戰江輕霞，難道是胸有成竹？這姑娘武功到底如何呢？」

恰逢華濤路過聽到這句話，搭腔道：「同為武林四大美女，自然不會差到哪裡。」

王小軍好奇道：「這武林四大美女都有誰啊？」

華濤白了他一眼道：「你小子好福氣，已經認識了其中的兩個。」

王小軍略一發怔道：「有江輕霞和覓覓？」

華濤點點頭道：「這還是三四年以前評選出來的，那會兒你女朋友還是個小女孩，不過她身分顯赫，這個面子自然是要給武當派的，現在看來，也算是名不虛傳。」

陳覓覓面無表情道：「我可不覺得這是給了我面子。」

華濤一笑道：「說是四大美女，其實也有武功方面的考量，中國古代有四大美女，其實光論容貌的話，就沒人比她們更美了嗎？當然不是，所謂四大美女自然自有獨到之處。」

王小軍忍不住道：「還有一個是誰？」

華濤拍了拍他的肩膀道：「還有一個，你們這些年輕人就別想了，做人要知足啊。」

王小軍對唐思思道：「你好好練你的鋼珠，以後你就是第五。」

唐思思鄙夷道：「我才不要做第五，我要做食神。」

這時沙麗和江輕霞已經來到大禮堂外的廣場上，周圍圍觀的人山人海，綿月道：「兩位，既為切磋，還請不要傷了和氣，另外，點到為止，更不要傷了人。」

沙麗道：「大師放心，我沒打算傷她。」

江輕霞冷笑道：「該打的時候不打，淨逞口舌之快。」

沙麗昂然道：「我知道你們峨眉是劍派，你去取劍來吧。」

江輕霞道：「我別的武功也不輸你！」

「好！那看掌！」沙麗身形一動，呼的一掌拍出。圍觀的眾人只覺眼前一花，不禁齊聲驚呼。

江輕霞皓腕一抬，也是用掌對敵，兩個妙齡姑娘頓時戰在一起。場上掌聲颯然，站在最前面的人不自覺地後退幾步。

王石璞走到王小軍身後，低聲道：「崆峒派的伏龍銅掌向來和咱們鐵掌幫的鐵掌齊名，你要好好地參詳。」

王小軍點點頭道：「呼嚨通掌嘛，我和孫立交過手，也沒什麼稀奇的。」

王石璞道：「那是你沒遇到高手。」

王小軍奇道：「同是用掌的，以前咱們就沒和崆峒派的人比劃過嗎？」

王石璞道：「你爺爺在時，自然輪不到他們出風頭，所以崆峒派的掌法反而很少顯露。」

王小軍感慨道：「做人還是得像我爺爺一樣才有味道！」

說話間，二女已經過了十來招，沙麗的掌法迅猛簡潔，打起來一板一眼都嚴苛執行，江輕霞則身姿妙曼，一雙雪白的手掌不停在空中像蓮花般綻放，每一招都沒有定式可循。

兩個人風格迥異，或者可以說是兩個極端，沙麗就像是個勤奮古板的打鐵匠，打多少錘，每一錘的力量、角度都無比嚴格地遵守老師傅的教訓來，而江輕霞更像是即興發揮的舞者，音樂、場地、心情不同的時候，招式也全隨機生出，就連同門的韓敏和郭雀兒都無法預料她下一掌將怎麼打。但就形象而言，沙麗的武功路數古樸而帶著一絲拙意，讓人幾乎無法注意到她是一個美貌的姑娘，而江輕霞的招式和她的柔媚相得益彰，神韻自成。

陳覓覓評論道：「江輕霞的武功比我想得要高，她這種毫無定式的打法需要很高的天分。」

胡泰來道：「所以峨眉派選拔弟子，第一要求就是天分，而不是你底子有多厚。」

王小軍道：「這麼說江輕霞贏面大？」

陳覓覓道：「現在還不好說，江輕霞雖然資質很好，但沙麗不比她差，而且崆峒派的武功跟你們鐵掌幫很像，應該是極易速成，只要按師父教的來，遇到同級別的對手基本不會輸，也就是說更穩定。」

二女越打越狠、愈打愈快，兩雙手掌上下翻飛，一個凌厲一個縹緲。圍觀的人本來都抱著看「美女打架」的心態笑嘻嘻地等著看熱鬧，待見了這二女的武功，暗自揣度之下，個個心灰意冷——要是把自己和其中一個易地而處，恐怕不出三招兩式就要丟醜，這時不禁面面相覷，神色沮喪。

一錯身間，沙麗一掌拍向江輕霞小腹，地勢拮据之下，江輕霞只好和她對了一掌，接著微微地甩了幾下手腕。

王石璞道：「江輕霞掌力不及沙麗，不該和對方硬碰的！」

王小軍道：「那怎麼辦？」

江輕霞一手受傷，掌法頓時出現了很多破綻。郭雀兒瞧在眼裡，從背後抽出黑劍飄然上場，她身形在兩人外圍一轉，輕巧地到了江輕霞側前方道：「掌門，接劍。」

江輕霞聞言，只把手朝前一伸，郭雀兒後背貼著沙麗的掌心從兩人之間掠過之後，江輕霞手中已經多了一把劍。不少人頓時為郭雀兒喝起彩來。

江輕霞右手執劍一抖，空中驀地出現一朵盛大的黑色劍花，於瞬間又以黑劍和沙麗戰了起來。

王石璞道：「峨眉派人才濟濟，只不過都太年輕，再過幾年就不至於給人這麼叫板了。」

王小軍道：「那現在呢？」

「現在……」王石璞話音未落，只聽周圍一片譁然，只見二女已停鬥站在原地，而江輕霞的長劍卻到了沙麗手中。原來江輕霞手腕受傷運劍不靈，被沙麗抓住機會奪了劍，這樣一來就相當於輸了！

沙麗把黑劍扔在地上，冷笑道：「江掌門，按賭約，你們峨眉派可得退出武協了！」

此刻，廣場內內外外幾百號人的眼睛都盯在江輕霞身上，大家都知道這位新上任的峨眉掌門心高氣傲，被人挑戰當眾輸了，誰也不知道她會做出什麼樣的事來。韓敏和郭雀兒對視一眼，都是神色凝重。

江輕霞佇立片刻，忽然咯咯一笑道：「退出武協是你說的，我可沒有答應，明年我會再找沙姑娘比試的。」

此話一出，眾皆愕然，誰也沒料到江輕霞居然就這麼把這事揭了過去，說好聽點是舉重若輕，說難聽了就是耍賴皮，不過江輕霞從未正面回應沙麗退出武協的事倒也是事實。

韓敏眼睛發紅，欣慰道：「輕霞終於長大了。」她明白，江輕霞這是為了峨眉的利益捨棄了個人的面子，能做到這一步，說明她學會為門派考慮了。

沙麗冷笑道：「想不到堂堂的峨眉掌門居然說話不算，像你這種水準賴在常委的位子上，遲早也是被人打下去，還不如自己讓賢。」

江輕霞正要說話，淨禪子沉著臉道：「沙姑娘，比武切磋本是為了大家共同提高水準，你又何必苦苦相逼？」

華濤也應和道：「咱們武協向來都是六大派六個常委，你一來就少了一個，豈不是很不吉利？你要和淨禪子道長比武輸了，難道也退出武協？」

淨禪子見他把自己抬出來做擋箭牌，不禁搖頭苦笑。

沙麗道：「保留六大派我沒意見，但至於是哪六個就有待商榷了，總不能像我說的，後人跟武林不沾邊了也占著一個位子吧？所以我建議，無論是委員還是江湖散人，都可以找六大派的人挑戰，誰輸了，誰的位子就得讓出來，大家覺得怎麼樣？」

淨禪子斷然道：「不怎麼樣！你這麼一搞，武協不是成了弱肉強食的比武場了嗎？」

沙麗道：「武林本來就是弱肉強食的地方，六大派之所以是六大派，不就是因為他們以前武功比所有人都高嗎？」

眾人無不暗暗點頭感慨，這的確是武林生存的真理，只不過以前從沒有人這麼不加粉飾地說出來。

淨禪子身後的靈風冷冷道：「小丫頭，說話注意點。」

沙麗道：「這樣吧，我先表個態，歡迎各位來挑戰我，誰贏了，我就把常委的位子讓給他，其餘五位掌門想來對這種玩法也不會有意見吧？」

綿月道：「這……似乎有些不妥。」

沙麗道：「事關常委的去留問題，需要半數以上的委員通過，要不這樣，咱們現場來投個票，如果我的提議得到支持，以後就按這個規矩來。」

眾人聞言不覺都露出了興奮、期待、躍躍欲試的表情。

綿月終有不悅之色道：「沙姑娘，你是不是太過兒戲了？」

沙麗道：「我不覺得啊，六大派高高在上太久，已經嚴重脫離群眾了，有真本事的自然不怕被挑戰，如果比試之後六大派還是原來的六大派，說明名副其實嘛。」

華濤甩手道：「胡鬧，你這就是胡鬧！常委是何等重要的角色，光憑武功高低怎麼能行？人在江湖，最重要的還是德行二字。」

沙麗呵呵一笑道：「終於有人拿這兩個字來說事了——那我請問華掌門，能加入武協的，是不是相當於已經被默認是德行沒問題的人？」

華濤被將了一軍，訥訥無語。

沙麗道：「當初設立常委和委員，本來就是為了相互制約，這樣吧，就我這個提議，咱們來一次委員投票，綿月大師，淨禪子道長，這你們總不會阻止吧？」

綿月和淨禪子對視一眼，均感無奈。雖然他們可以用強硬的手段壓服沙麗，但眾人心頭的火已經被撩撥起來，此事已經留下了隱患。

說到底能進武協的，都是武功高超的熱血好漢，誰不想出人頭地？挑戰六大派，輸了不丟臉，贏了無異於中了千萬大獎，只要提議一提上來，必然有不少人會支持，就算沒打算自己上的，為了看熱鬧也會把票投給沙麗。

這時王小軍懶洋洋道：「不用麻煩了，就從我開始吧。」

綿月愕然道：「什麼意思？」

王小軍道：「三個年輕常委裡，我雖然不是年紀最小，不過是唯一的男的，這種苦活累活自然由我來幹，誰想從六大派手裡搶常委，也從打我開始，我輸了，就把常委的位子讓給他。」

王小軍已看出沙麗這麼做其實針對的還是江輕霞，她和江輕霞比武已經暴露了江輕霞武功相對較弱的秘密，這個提議一過，江輕霞就首當其衝地會受到挑戰，所以他乾脆把這個鍋背到了自己背上。

王石璞搖頭道：「小軍，你也跟著胡鬧！」

江輕霞也知道王小軍這麼做是為了自己，感動之餘，下意識地望向陳覓覓，卻見陳覓覓衝她點頭微笑。

「請大家讓一讓。」王小軍示意圍觀的人讓出場地，跳到中間掰了掰手指道：「哪位先來？」

王小軍環視周圍，嘿嘿一笑道：「不要不好意思嘛，我只接待一下午，先到先得，過期作廢哦。」

人們面面相覷，自然有不少彼此慫恿擠兌的，卻是一時無人上場，這種時候你冒頭，就說明早對常委之位有覬覦之意，再一個，也太過招搖。

王小軍又道：「真的沒人嗎？」

靈風和周沖和當下就想上場，前者是手癢難當，後者是為了雪恥，淨禪子一瞪眼，兩個人又訕訕地退了回去。

這時有人大喝一聲道：「我來！」說話的人是個四十多歲的精壯漢子，他上前抱拳道：「在下郭怒，有個綽號叫『涼州三變』，特來討教。」

王石璞上前跟王小軍耳語道：「此人在甘肅一帶很有名，『三變』是說他武功路數多變，你小心點。」

王小軍點點頭道：「請吧。」

郭怒在原地伸胳膊蹬腿，眾人眼睜睜地瞧著他臉色由白轉紅胸脯暴漲，胳膊腿上的肌肉一起蜷縮進去，露出無數的青筋，有人低聲道：

「這郭三變的大名早有耳聞，瞧他的樣子竟看不出他練的是內家還是外家功夫！」

郭怒準備完畢，爆喝一聲，斗大的拳頭直奔王小軍胸口，王小軍微一側身，一掌把他拍在地上，再看郭怒四仰八叉地躺在那裡，這郭三變從出手到躺下，除了臉色之外，別人始終也沒瞧出他到底會哪三變……

王小軍扶也不是，不扶也不是，站在那兒尷尬道：「老兄，你沒事吧？」

郭怒掙扎了幾下從地上爬起來，一語不發地躲到人群後面去了。

「老夫來請教幾招！」不等王小軍交代幾句，一個禿頭老者越眾而出，他也不自報家門，大喇喇道，「我叫馮月。」

圍觀的人中有人驚詫道：「原來是寧夏馮老到了。」

王小軍聽人們議論，知道這是位江湖有名的老前輩，滿臉陪笑道：「久仰久仰，老前輩請吧。」

「嗯。」馮月點點頭，卻不動手。王小軍瞬間明白了——人家是老前輩，自然不可能先出招，只好往前遞出一掌，馮月眼中精光一閃，猛地矬身，雙手自左右往王小軍手掌上夾擊而來，王小軍不知道這是什麼路數，往後一抽手，馮月雙手拍在一起，發出一聲響亮的拍手聲。

老頭半蹲在那裡，雙手舉著，形象頗為不佳，但王小軍從沒見過這麼古怪的招式，忍不住道：「老前輩，您這是什麼武功？」

馮月不悅道：「看來你還是不知道我，這是我自創的『截拳手』，無論對方用拳還是用掌，只要被我雙手拍中，那滋味……嘿嘿，你想不想試試？」

王小軍摳著下巴道：「既然你這麼說了，那我不讓你拍中就是了。」

「想得簡單！」這次馮月率先進攻，仍是大張著雙臂像要擁抱一樣撲了上來，王小軍哧溜一下從他肋下鑽到了他身後，眼看一掌就能把老頭拍倒，心說還是給他留個面子，故意假裝慢了一步，硬等著馮月轉過身來，老頭雙臂張開，像拍蚊子一樣照王小軍臉上就拍，王小軍無奈，雙掌架住他的雙手，把老頭推了個趔趄。

他環視眾人，見張庭雷把手搭在金刀王的肩膀上，兩個老頭幸災樂禍地笑著，顯然是要看他的笑話，王小軍氣不打一處來，自己給對方留面子，可馮月絲毫沒領情，王小軍越打越鬱悶，最後單掌把馮月推開，擺手道：「停！」

馮月氣喘吁吁道：「還沒分出勝負，為什麼不打了？」

王小軍不理他，向四周作揖道：「我有個不情之請，凡是年紀上了六十的老人家就不要為難我了，行嗎？」

馮月怒道：「你這是什麼意思？」

張庭雷忍著笑道：「馮老，算了吧，您老德高望重，贏了他也不露臉不是？」

馮月一愣，這才咳嗽道：「也對，我這個年紀勝了，他也不光彩，至於常委的位子我也沒想過，就是想教育一下晚輩，罷了，我不蹚這個渾水了。」

王小軍如逢大赦道：「您老慢走。」

有了郭怒和馮月的先例，一些自認比他們武功高的人也躍躍欲試起來。綿月沉聲道：「晚飯時間到了，各位先請用餐。今日大會告一段落，飯後大家可以自行在山上觀賞風景，也可相互切磋武藝，只是務必記住武協的條例，不得強迫他人比武，更不許傷了和氣。」

眾人聞言散場，王小軍暗暗鬆了口氣道：「終於糊弄過去一天。」

晚飯時間，江輕霞藉故身體不舒服，峨眉派都沒出席。王小軍作為新上任的常委，這個卯還是必須要點。

他剛進包廂，就見沙麗正在端著杯敬酒，雖然下午她和另外幾位常委鬧得不太愉快，但此刻面帶微笑、言辭懇切，其他幾個前輩也就樂得順祝順禱。

綿月見王小軍進來，笑呵呵道：「小軍，你是不是也該敬大家一杯？」

「應該應該。」王小軍端起酒杯道，「我祝各位前輩們多子多壽。」

淨禪子莞爾道：「混帳小子！」

王小軍嘿嘿一笑，又衝沙麗一舉杯道：「美女恭喜你。」

沙麗不苟言笑道：「你叫我美女，就不怕你女朋友吃醋嗎？」

王小軍道：「沒事，她瞭解我，我叫菜市場的大嬸也叫美女。」

沙麗瞟了他一眼，綿月打岔道：「今天武協新上任了兩位常委，以後咱們武協可就有三個年輕常委了，可謂是新人新氣象。」

王小軍這時才意識到這一點，放下酒杯道：「各位掌門慢用。」

華濤喊道：「你去哪兒啊？」

「我還是跟朋友們待著更舒服，所以先告退了。」

華濤愕然道：「你……」

綿月道：「別管他了，隨他去吧。」

沙麗冷冷道：「你是看我不順眼所以要走嗎？」

王小軍揮揮手道：「吃你的吧，你想多了。」

王小軍拱拱手出來，陳覓覓笑道：「你這個卯點的，要不是我師兄和綿月大師是出家人不和你計較，你還不如不去。」她又道，「不過你能敬沙麗酒倒是挺讓我意外的。」

王小軍道：「像我這種喜怒不形於色、長袖善舞的人物怎麼可能意氣用事嘛！」

陳覓覓：「……」

兩人出了包廂，穿過餐廳去和胡泰來他們會合，就聽桌上有個背對他們的大漢大聲道：「咱們吃完飯就去比試，先兩兩對戰淘汰，然後再決出最後的勝者去挑戰王小軍。」

那大漢對面坐的人一眼看見了王小軍，急忙用眼神示意他，大漢回頭一看，頓時從臉紅到了脖子裡。

王小軍安之若素道：「你們這法子好，替我省了不少勁兒，我謝謝你們，大家加油！」

回到桌上，王小軍托著下巴嘆氣道：「可想而知，明天又是忙活的一天，現在山上好多人都憋著挑戰我呢。」

陳覓覓道：「替人強出頭就是這樣的下場。」

王小軍看看她道：「你不會怪我吧？」

陳覓覓道：「你把我想成什麼樣的人了，別說咱們和江輕霞有舊，就算素不相識，沙麗那麼霸道，我都想打這個抱不平。不過你也不用太擔心，真正有身分有本事的人不見得對你這個位子感興趣，就算感興趣，也要考慮打贏一個二十歲的小子露不露臉。」

唐思思道：「你們說沙麗為什麼這麼做呀？先是陰了自己的爺爺，這會又這麼叫囂，我總感覺她就是來搗亂的。」

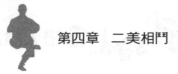

胡泰來道：「她把武協變成弱肉強食的地獄煉廠，她的提議真要被這麼執行下去，以後武協會員之間就不用再幹別的了，每天就是你爭我奪這六個常委的位子就夠了。」

唐思思道：「她自己的武功也未必能藝壓群雄，她就沒想過失手的後果嗎？」

兩人說著話，王小軍和陳覓覓卻忽然陷入了沉默。

王小軍見陳覓覓目光灼灼，問道：「你想到了什麼？」

陳覓覓道：「你先說。」

王小軍道：「我在想『弱肉強食』這四個字，山上的人雖然大部分都打不過我，但是余巴川可以！」

陳覓覓接口道：「所以一旦弱肉強食成為規矩，余巴川就能利用這個規矩滲入武協，順利完成他的夙願。」

胡泰來和唐思思悚然一驚道：「沒錯！」

王小軍道：「我雖然不知道沙麗為什麼要彈劾沙勝，但她很有可能是余巴川的馬前卒，她臥底進來，就是為了製造亂子讓余巴川有機可趁！」

唐思思道：「可余巴川不是武協的人，他就算想挑戰你也沒有資格。」

王小軍道：「這也是咱們目前唯一可以倚仗的優勢了。」

胡泰來道：「也許這是他的第一步，然後他明年再來，通過考試對他來說毫無難度，到時候他再光明正大地挑戰你。」

王小軍道：「如果是你，眼看機會已經成熟，會再等一年嗎？」

胡泰來緩緩搖頭……

王小軍道：「算了，該來的總會來的，咱們瞎擔心也沒用——我再去拿點吃的。」

四個人吃完飯在山上閒逛了一圈，王小軍忽然接到一個電話，低頭一看道：「是楚中石！」

「王小軍，你欠我的帳該還了吧？」楚中石開門見山道。

「沒想過要賴，你現在在哪？」

「總之離你很遠。」

「那我怎麼把圖給你？」

楚中石道：「你錄個視頻給我發過來，別忘了是廿三掌。」

王小軍道：「怎麼上次在四川的時候你突然就不見了——你把千面人的

情人引開，後來發生什麼事了？」

楚中石失聲道：「你怎麼知道他是千面人的情人？」

「咦，這麼說我猜對了？」王小軍怔了片刻，忽然恍然道，「他是不是對你做什麼過分的行為了？」

楚中石意興闌珊道：「不想說。」

王小軍笑得打跌道：「看來你付出了不少啊。」

楚中石惱火道：「你到底給不給我錄視頻？」

王小軍道：「你也太不把我們鐵掌三十式當回事了，視頻裡說不清，你親自來見我我再給你。」

楚中石憤然道：「王小軍，你可不能說了不算！」

王小軍道：「我不會食言，你親自來了我一定給你要的東西，這也是對我們鐵掌幫和你負責嘛。」

「我會再聯繫你的！」楚中石氣咻咻地掛了電話。

唐思思道：「聽楚中石的意思，他似乎落在那人手裡吃了不少苦。」

胡泰來道：「楚中石輕功那麼高，就算打不過也應該跑得了才對，看來這人武功輕功都很高！」

陳覓覓道：「對了，當初我還特意拍了小軍化裝後的照片，這就去讓我師兄看看認不認識。」

這時天色已晚，四人分手各自回自己的住處。

王小軍剛到鐵掌幫的別墅前，就聽小樹林裡有人道：「王小軍。」

王小軍道：「誰？」

沙麗大步走到燈光下道：「我。」

「你……找我幹什麼？」王小軍對這個姑娘實在沒什麼好感，不禁帶著幾分戒備。

沙麗卻不似白天那麼富於攻擊性，淡淡道：「想跟你聊兩句，有時間嗎？」

王小軍道：「就算我說沒有時間，你也不會放我進屋的吧？」

沙麗展顏一笑，竟來了個默認。

「有什麼話就說吧。」王小軍無奈道。

沙麗一指樹林深處道：「邊走邊聊吧。」

「嗯？」

沙麗道：「王少幫主是怕我設下陷阱等著害你不成？」

王小軍使勁點頭：「是。」

沙麗愕然，她沒想到王小軍居然會承認，不禁有些失措道：「那你挑一個地方吧。」

王小軍道：「既然你讓我挑，那還是按著你選的路走吧。」

沙麗無語道：「你做事向來這麼出人意表嗎？」

王小軍也不搭腔，兩人順著小樹林走了一陣，他道：「有話就說吧，這深更半夜孤男寡女的，給人撞見，雖然是兩大常委，人家肯定也不會認為我們是在談工作。」

沙麗道：「我都不怕你怕什麼？」

王小軍笑嘻嘻道：「我可是很在乎自己的名聲的。」

「……」沙麗止住腳步，正色道：「王小軍，你學武功是為了什麼？」

「咦？」王小軍撓頭道，「怎麼又是這個問題？」

沙麗道：「還有誰問過這個問題？」

王小軍擺擺手道：「這個問題我回答不上來，你有什麼話就直說，別繞彎子了。」

·第五章·

復仇者聯盟

沙麗道：「這個道理誰都懂，不過加以嚴格控制是可以解決的——我們可以讓它徹底合法化，形成新的職業甚至是部門，就像復仇者聯盟那樣。」

王小軍失笑道：「我拭目以待。」

「你會重新考慮加入我們的協會嗎？」

沙麗道：「你參加了武協，感覺怎麼樣？」

王小軍道：「你到底想說什麼？」

沙麗卻像在故意磨他的性子，淺淺一笑道：「你就這麼討厭跟我在一起？」

王小軍板著臉道：「我怕你彈劾我，再有甚者直接搶我的小板凳。」

沙麗道：「我只不過稍微擠兌了一下你的小美人掌門，你就這麼耿耿於懷？再問你一個問題，你覺得武協最大的特點是什麼？」

還沒等王小軍回答，沙麗已經自問自答道：「老頭多！」

王小軍一愣，笑道：「還真是。」

沙麗接著道：「而且還都是那種自以為是、蠻橫跋扈的老頭。」

王小軍笑道：「沒錯。」

沙麗道：「所以我想說武協並不是我們年輕人待的地方，你看看那些老頭，一個個暮氣沉沉、冥頑不化，平時只會充大輩、擺姿態，只有關係到自己利益的時候才會跳出來。武協也沾染了這些習氣，他們肯讓我們繼任常委，只不過因為那是他們要維護現在的體制而已，你真正需要幫助的時候，他們又有誰肯出面呢？哪怕是出於公道。」

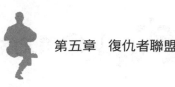

王小軍道：「所以你加入武協，就是為了搗亂來的？」

沙麗道：「是也不是，他們的嘴臉你也看到了，在武協裡，老頭們的權威才是第一，什麼公平正義都是狗屁。」

王小軍持平道：「至少淨禪子道長不是這樣。」

沙麗反駁道：「武協有幾個淨禪子呢？再說那是因為沒有影響到他的地位他才會這麼淡定，如果有人威脅到他武當派常委的位置，你覺得他會怎麼做？」

王小軍道：「你跟我說這些，最終的目的是什麼？」

沙麗道：「武協被老頭把持著，已經在走向沒落，武林裡那麼多有天分有熱情的人在這個組織裡得不到發揮，只能無盡地消磨在內耗裡，老傢伙們功成名就，卻不讓會員參與社會，你想想看，就算你成了常委，又有什麼好處呢？」

王小軍迷惑道：「所以呢？」

沙麗擲地有聲道：「所以我們年輕人該有自己的協會，一個真正公正、友愛、互助，能積極發揮自己能力的協會，你應該也在這樣的協會裡。」

她頓了頓道：「你不知道，我們的協會已經初具規模，如果你肯來，副會長的位置就是你的。」

王小軍沒想到還有這樣的協會，或者說，是沙麗描述中的這樣的協會，他一時悵然，忽然反應過來道：「你叫我來，其實是為了挖牆腳的？」

沙麗道：「你這麼理解也可以，你願意來嗎？」

王小軍斷然道：「如果是以前，你的這個邀請我或許會考慮一下，但是現在不行。」

「為什麼？」沙麗納悶道。

王小軍道：「沙美女，你說的武協的那些不足我有同感，但你我現在都已經是常委了，那就表示我們有能力慢慢改變它，最主要的，我對你這種端起碗吃肉、放下碗罵娘的做法看不上，你要麼大張旗鼓地和武協唱對臺戲，甚至光明正大地拆臺也可以，但是這麼鬼鬼祟祟地搞偷襲可有點卑鄙。」

沙麗冷笑道：「改變？談何容易，在這種身不由己的體制裡，我們也會慢慢變成他們那樣的人，到我們七老八十了，成了面目模糊的老前輩，一心想的也是如何保住自己的地位和權力。至於挖牆腳，這重要嗎？」她譏誚道，「沒想到看起來灑脫不羈的王小軍也是個刻板的道學者。」

王小軍一擺手道：「這是做人的底限，武協再有不對，也不該從內部破壞它，你這是不宣而戰。」

沙麗神色一閃道：「你不肯退出武協，不會是真的迷戀常委的位子吧？」

王小軍道：「說實話，確實有別的原因。」說到這他忽道：「你問了我這半夜，我只問你一個問題——你跟武協作對，是不是受了余巴川的唆使？」

沙麗淡然道：「你小看我了，憑他還操縱不了我。」

王小軍道：「但願如此。今晚你跟我說的話我就當沒聽過，武協這地方你願意待就待，不願意待也別再出么蛾子了，不然我這個常委就該發揮作用了！」

沙麗哼了一聲道：「你有證據嗎？」

王小軍道：「我需要證據嗎？武林只有一個，你們要重打鑼鼓另唱戲，遲早要跳出來搞事，我不揭穿你，你也會暴露的。」

沙麗錯愕道：「你果然是聰明人。」

「談不上聰明，不蠢而已，你們和武協的事其實我也不關心，你只要別搞破壞，武協和你的新協會也談不上敵對。」

沙麗道：「我明白了，你留在武協是為了對付余巴川，你這麼做值得嗎？」

「沒什麼值不值，人家要跳到我頭上，我只是反抗。」

沙麗道：「如果你加入我的協會，我們會幫你一起對付余巴川。」

王小軍嘿然道：「你也小看我了，余巴川的目的是代替我們鐵掌幫成為武協老大，我留下來是為了阻止他，並不是叫一大幫人揍他一頓就行。敵人要喝豆漿，我就打破他的豆漿碗，自己買個包子自我安慰的事我不幹。」

沙麗道：「你就不想知道我們新協會的宗旨和目的嗎？」

王小軍道：「這個倒不妨聽聽。」

沙麗道：「我們旨在創立一個真正服務於武林的協會，利用會員武功高強這一點造福社會，也給自己人最大限度地帶來名利雙收的局面……」

王小軍詫異道：「用武功賺錢？這可是武協的大忌啊。」

沙麗道：「我一直不明白這一點是從何而來，律師有律師協會，醫生有醫生協會，難道他們加入協會以後，反而不能再從事本職工作了嗎？」

王小軍道：「這個困惑我也有，不過不難理解，我們這個群體畢竟很特殊，如果毫無限制地允許大家使用武功，那最後很可能會給整個群體帶來麻煩。畢竟你不能保證每一個人每一件事都是正確無誤的。為了讓社會和諧，政府可以控制武器，但我們本身就是武器。」他笑嘻嘻道，「以上純屬說教，也是我從老前輩們那聽來的。」

沙麗道：「這個道理誰都懂，不過加以嚴格控制是可以解決的——我們可以讓它徹底合法化，形成新的職業甚至是部門，就像復仇者聯盟那樣。」

王小軍失笑道：「我拭目以待。」

「你會重新考慮加入我們的協會嗎？」

王小軍轉過身擺了擺手：「在我打破敵人的豆漿碗以前，先不考慮。」

沙麗大聲道：「只要你別和我們作對，我們就不把你當敵人！」

王小軍道：「這也正是我要說的。」

第二天的會議是九點正式開始，但是一大早山上各處就有不少人在切磋比武。

王小軍他們碰面後，一路往大禮堂走，一路上都是小簇小簇的武林人士呼喝爭鬥。王小軍苦笑道：「這裡面也不知有多少是準備贏了小組賽，然後來挑戰我的。」

唐思思道：「成為大當家的感覺怎麼樣？」

王小軍道：「說起大當家，沙麗才是，她昨晚去找我了。」

胡泰來看了一眼陳覓覓，問王小軍：「她找你什麼事？」

「她對現在的武協很不滿，所以自己另組了一個協會，號稱是年輕人自己的協會，邀請我去當副會長。」

唐思思道：「你答應了嗎？」

陳覓覓批評道：「要是平時，答應她也無所謂，可是她明明已經成了常委，還身在曹營心在漢，挑戰江輕霞、挑撥會員之間比武奪位，這就不夠意思了。」

王小軍笑道：「還是覓覓跟我三觀最合。」

唐思思道：「那一會兒開會的時候，你要不要揭穿她？」

胡泰來搖頭道：「沒有證據，但願她有所收斂就好了。」

王小軍驚道：「咦，又跟我想一塊去了。」

唐思思又道：「如果以後她又來邀請你，你會去她那個協會嗎？」

王小軍道：「其實她已經說得我心動了，要不是時間不對、地點不對、人物也不對，說不定我就直接答應了，她要把會武功的人組織起來投入到社會中，就像復仇者聯盟那樣。」

胡泰來道：「這就解決了一直以來困擾我們很久的問題——『我們為什

麼要學武，學了武有什麼用』。」

陳覓覓忽然想起一件事道：「我師兄看過和千面人會面那人的照片了，他並不認識。」

唐思思道：「我們接下來怎麼辦？」

王小軍道：「熬過剩下的兩天，余巴川不來就算我們勝利。」

胡泰來道：「你能熬得過去嗎？現在山上少說有三四百人，就算有十分之一要挑戰你，你每天也得對付二十個。」

王小軍道：「走一步看一步吧。」

到了大禮堂，與會者也已到齊，沙麗坐在一旁的位置不動聲色，就像昨天的事情沒有發生一樣。

綿月道：「武協大會進入第二天會程，今天主要是各派切磋。」

這時胡泰來站起道：「既然是這樣，我也要參一腳，一會兒哪位想挑戰王小軍的，不妨先和我比試一下。」胡泰來向來不愛出風頭，這麼做自然是為了先替王小軍抵擋一陣。

綿月呵呵一笑道：「好，好朋友講義氣，這也是我們武協一直提倡的，我還是那句話，大家切磋萬萬不可傷了和氣。」

韓敏忽然站起隔著主席臺對沙麗道：「沙姑娘，我也正想請你指教一下。」

沙麗面無表情道：「樂意奉陪。」

淨禪子忽然嘆了口氣道：「哎，亂了，全亂了，以前各位動手還打著印證武功的藉口，如今這個口一開，我們武當也遲早要被挑戰——這樣吧，有哪位覺得可以高升一步的，也一併出手吧。不過我要賣個老，你們得先過了我師妹那一關，老道才肯親自下場。」

陳覓覓愕然，淨禪子道：「師妹，那就辛苦你了。」

陳覓覓神色複雜道：「是，師兄。」其實她早就有心幫王小軍打發一部分挑戰者，只是礙於自己是武當派的不方便出聲，淨禪子看出了她的心思，於是給她製造了機會。

眾人見武當等於是公然出面幫王小軍，又見淨禪子居然派出一個不到二十歲的小姑娘，不禁都詫異萬分，當下不少人躍躍欲試，就算最終過不了淨禪子那一關，打敗小聖女也是揚名立萬的絕好機會！

武協大會才剛開到第二天，常委與常委、委員與委員、門派和門派之間已經是貌合神離，劍拔弩張。

眾人正要趕奔廣場。這時圓通大步走進來對綿月躬身道：「師叔，四川青城派掌門余巴川先生求見。」

綿月沉吟片刻道：「他現在在哪裡？」

圓通道：「就在禮堂外面。」

綿月詢問大家道：「這……余先生不是武協的會員，見不見他，在座的各位掌門怎麼看？」

王小軍和陳覓覓對視了一眼，這些天他一直在余巴川會不會來這個問題上焦灼，與其說是怕他來，倒不如說盼他來，余巴川一來，至少他心裡踏實了。

江輕霞剛想說話，王小軍已經搶先道：「這種小事就請綿月大師做主吧。」

綿月頓了頓道：「江湖本來不大，余先生雖然不是武協會員，畢竟是武林中人，不如咱們聽聽他有什麼話說。」

王小軍點頭微笑道：「沒問題。」他和余巴川的恩怨已經不是什麼秘密，所以大家都在等他的表態。

綿月道：「那就有請余先生吧。」他話音未落，余巴川已大步走入禮堂，依然是一條軍綠色褲子，過氣褪色的薄毛衫，但卻有股不可一世的盛氣，他昂然走到主席臺下，幾乎是瞪視著臺上的人。

綿月道：「余先生到我武協有何貴幹。」

余巴川道：「聽說你們缺個主席，我來毛遂自薦。」

此言一出，眾皆譁然。

江輕霞冷笑道：「想成為武協主席，得先是武協會員，今年的考核已經結束，余掌門有意的話，明年不妨先從新人做起吧。」

余巴川也冷冷道：「差點兩次成為我俘虜的小美人掌門仗著今天有大人在，敢跟我嗆聲了嗎？」

王小軍笑嘻嘻道：「過去的事大家就都別提了，我把你打跑的事我當眾顯擺過嗎？」

綿月沉聲道：「余先生，如果你說的是句戲言，我們也一笑而過，如果你是當真的，那我只能說，江掌門所說沒錯，想當武協主席，雖沒規定必須是常委還是委員，但必須得是會員，要經過考核。」

余巴川道：「可是據我所知，在場有幾人就不是武協會員，他們不但成了武協的委員，甚至還有的當上了常委。」

綿月道：「荒唐，哪有此事？」

余巴川霍然叫道：「王小軍、胡泰來、唐思思這三人就都沒通過武協的考核！」

唐思思道：「你胡說，我們在少林寺待了兩天，圓通師父可以證明。」

余巴川道：「考核通過的會員都有一張武協簽發的證明，你們的在哪？」

王小軍悚然一驚，這才知道居然還有證明這種東西，沒參加完考核他本來也沒當回事，余巴川剛說時他甚至以為他說的是別人，這時被當頭將了一軍，頓時有些發慌。

余巴川見三人都不說話，冷笑道：「不會是都丟了吧？別的考生都是三天才通過考試，你們三人為什麼在第二天就到了逸雲山莊？」

衛魯豫站在門口大聲道：「不是三個，還有我……」

余巴川喝道：「你們幾個是怎麼回事？」

王小軍手腳發涼，這節骨眼上他當然不能說實話，這時綿月道：「是我給他們開了後門！」

余巴川打個哈哈道：「大師真是敢作敢當，我能知道理由嗎？」

綿月坦然道：「王小軍的武功我親眼見過，在年輕一代中當得起翹楚二字，考核對他而言不過是走個過場，但是越是這樣的人，越有可能在考試的時候發揮失常，說到底是我有私心，想不到我一念之差反而讓他有了把柄，你要怪就怪我吧。」

眾人聽到這裡都驚訝得張大了嘴，在武協考試裡徇私舞弊，這可算是嚴重事件了。

點蒼派掌門瓦督猛然站起道：「綿月大師好一個私心，那我徒弟就活該被淘汰嗎？」

綿月凜然道：「我的錯我認，這樣吧，本次新會員考核沒過者，每人再給一次機會，連同王小軍他們幾個，重新參加考核，事後我將退出武協，這樣處理大家還滿意嗎？」

瓦督一愣道：「那……那也不必。」

唐思思沮喪道：「完了完了，本來考試做個弊，現在卻連累得監考也辭職了。」

王小軍也是滿心愧疚，綿月堂堂的少林二號人物、名滿江湖的高僧，被這種小黑點搞得身敗名裂，這無異於政府官員收了老鄉二斤土產就被雙規了一樣。

余巴川一來就搞出這樣的僵局，下面眾人惋惜者有之、不平者有之，綿月交遊廣泛人緣極好，大部分人反而怪余巴川多事。

余巴川話風一轉道：「這後門既然是綿月大師開的，那我也就不再說什麼了，綿月大師的眼光我還是信得過的。」

綿月嘿然無語，靜等他的後話。

果然，余巴川道：「既然有先例，那我也想請大師替我開個後門，不知道我夠不夠格？」

胡泰來道：「你擺明就是想鑽空子，但是你打錯了主意，王小軍是六大派的弟子，本就不用參加考核，至於我們幾個，這就離開逸雲山莊。」他抱歉地對衛魯豫道：「衛兄，就是連累你了。」

衛魯豫攤手道：「談不上連累，我本不該占這種便宜，咱們大不了明年再來！」

余巴川道：「六大派弟子不用參加考核，也得掌門首肯了才行，鐵掌幫的掌門現在何處？另外——」他冷冷道，「王小軍早已退出鐵掌幫加入了峨眉派門下，各位都不知道嗎？」

下面群情聳動，多數人並不知道還有這麼一段，這熱鬧可越看越大了。

「王小軍加入我們峨眉派只不過是為了學習某種功夫，事後我已將他革出峨眉，他入門出門都是按規矩執行的，余掌門無話可說了吧？你要想快點加入武協倒是有個辦法——你現在就拜我為師，我拉你一把怎麼樣？」江輕霞譏刺道。

余巴川也不動怒，淡淡道：「鐵掌幫收徒必須得掌門親自出面，王東來生死不知，王小軍被革出峨眉，無非成了一個無門無派的散人，更談不上是六大派的人了。」

王石璞呵呵一笑道：「小軍的身分大家都清楚，鐵掌幫遲早是他來做幫主，余掌門這麼斤斤計較就沒意思了。」

余巴川冷冷道：「原來武協的六大派可以隨意制定更改規矩。」

王石璞道：「哪裡哪裡，這是簡單的人情世故而已。」

淨禪子見鬧得不可開交，當下朗聲道：「余先生，多年來是你不願意再入武協，今日一來就口出妄言，我望你念在大家都是武林同道，不要把事做絕，否則誰的臉上也不好看。」

余巴川道：「我不是來鬧事的，你們武協缺個主席，我不辭勞苦地來自薦，這不是好事嗎？」

江輕霞道：「連妙雲禪師和淨禪子道長都沒說話，你何德何能想當主席？」

余巴川道：「我聽說只要有人能勝過在座的任何一位常委，就可以自動取代他的位置，你就不怕我先挑戰你？」

王小軍瞟了一眼沙麗，她剛搞出事端，余巴川就趁虛而入，這不得不讓王小軍懷疑其沙麗來。

淨禪子索性接過話道：「這麼說，余先生是在武功上自信能勝過老道嗎？」

眾人都覺意外，想不到素來恬淡的武當掌門竟然如此強勢。

余巴川也有些愕然道：「現在的武協不講究以德服人，直接以武功排順序了嗎？」

淨禪子淡然笑道：「今天大家都撕破了面皮，老道索性也放浪一回，你想當武協主席，需贏了我再說。」

對方擺明就是攪局踢場子來的，淨禪子眼看他再不出面，場面就要失控，加上余巴川目中無人的鬧事，他也毫無顧忌地回擊！

余巴川終究是有顧忌，不禁道：「道長，咱們兩派素無恩怨，你一定要和我過不去嗎？」

淨禪子也不囉嗦，呵呵笑道：「你不給我面子，我也不給你面子。」

王小軍偷眼陳覓覓，陳覓覓朝他吐了吐舌頭，意思這回可不是自己遊說有功，而是師兄真發了脾氣。

下面的眾人越來越覺得這趟不虛此行，都興味盎然地看著。

余巴川頓了頓，忽然換上一副表情道：「我聽說武當派的鎮派之寶真武劍失竊了，這事不假吧？」

聽到這句話，靈風和周沖和都站了起來，淨禪子擺擺手示意他們冷靜，淡定道：「不勞余先生掛懷，真武劍已經由我師妹和她的朋友們尋回，託隆興鏢局鏢師任大強護送回武當，今日已到湖北境內，武當七子中有人前往接應，必然不會有失。」

隆興鏢局的總鏢師程元邦聽淨禪子順帶給自己打了廣告，急忙起身四下抱拳。

余巴川故作惋惜道：「如此珍貴的寶物怎麼能託這些阿貓阿狗護送呢？」

程元邦的意笑容頓時僵在臉上，不悅道：「你這話是什麼意思？」

余巴川道：「到了湖北萬無一失，不見得這一路上就沒出問題，我有可靠消息，真武劍還沒出四川就被掉包了！」

淨禪子道：「余先生是怎麼知道的？」

余巴川道：「這事出在四川，我自然知道，而且我不像你們這些常委委員平時高朋滿座，我認識的人多為雞鳴狗盜之輩，所以耳目更靈些，現在真武劍的下落嘛，我倒是還算心裡有底……」

周沖和拱手道：「那余先生是否方便告知，敝派上下感激不盡。」

余巴川道：「那就要看淨禪子道長願不願意交我這個朋友了，劍在那幫人手上可得儘快要回來，不然丟了毀了也說不定。」

靈風怒道：「你敢威脅我們武當派！」

余巴川道：「這位道長可別這麼說話，我只是好心。」

淨禪子盯著余巴川道：「劍在你手上是吧？」

余巴川不說話，竟似默認了。

淨禪子沉聲道：「想不到武當也有被人威脅的時候！」

余巴川一擺手道：「我可沒這麼說，我只說劍還在四川，我去找，比各位去找要容易一些。」他凝視著淨禪子道，「所以道長要想好了，真武劍傳承千年都沒出岔子，你不想讓它在你手裡毀了吧？」

淨禪子沉吟不語，半晌方打個哈哈道：「我們修道之人講究置身物外，我豈能因受到威脅就改變初衷？寶劍也好，名聲也好，最終都是虛惘，一把劍而已，我……」

陳覓覓忽然接口道：「師兄，我知道劍在哪兒。」

淨禪子愕然道：「你知道？」

陳覓覓面向江輕霞微笑道：「輕霞姐，峨眉的姐妹們此刻在哪兒？」

江輕霞道：「就在山腳休息。」

六大派的弟子又和別派待遇不同，雖然不能進主會場開會，但是會議最後兩天可以觀摩比武，所以峨眉派的姑娘們都在山下等著。

陳覓覓道：「我們動身來河南之前，我在四川給唐睿師妹發了一個包裹，囑咐她一定要帶到逸雲山莊來，她要是沒忘的話……」

郭雀兒已經有所觸動，叫了聲「我去」，身子一閃便消失在門口。眾人面面相覷，誰也不知道她們葫蘆裡賣的什麼藥。

不到十分鐘，郭雀兒又像一陣風一樣掠進來，手裡拿著一個還沒拆封的長條包裹，順手交給了陳覓覓。

陳覓覓則雙手托著遞向淨禪子，淨禪子兩下撕開包裹，露出一把古樸的短劍來，淨禪子拔出劍身端詳了一番，調侃道：「嗯，如假包換十足真金，師妹，這是怎麼回事？」

陳覓覓道：「我知道長途跋涉，這一路上肯定有人要打歪主意，所以就在暗中掉了包，發往武當山的包裹裡只有一截墩布，真的真武劍就勞煩峨眉的姐妹直接帶到了會場。」

淨禪子笑道：「你騙得我好苦啊，最冤的是你那幾位師兄，費盡艱辛只能接到一截墩布——沖和，你快給他們打電話，讓他們不要大驚小怪。」

王石璞小聲問王小軍：「這事你們知道嗎？」

王小軍道：「知道啊，那墩布還是我給她捆的呢。」

陳覓覓衝程元邦抱了抱拳道：「程總鏢頭，請你也代我向任大哥致歉，當時實在是不方便明言，讓他白辛苦了一趟，鏢費我們會一分不少地支付的。畢竟真武劍最終還是由貴鏢局護送到了武當手上。」

程元邦發了一會兒愣道：「陳姑娘快別這麼說了，你這招偷梁換柱真是高明。」

陳覓覓瞟了余巴川一眼道：「雕蟲小技，只能騙騙笨蛋！」

唐思思翻了個白眼，原來王小軍考慮到她和胡泰來都是直腸子，怕太無動於衷了反而露餡，所以沒告訴他們。

淨禪子把劍放在桌頭，掃了余巴川一眼道：「余先生，你還有什麼高招？」

事到如今，所有人都在幸災樂禍地看著余巴川，所謂偷雞不成蝕把米，得罪了武當派這樣的強敵，淨禪子不便當場跟他算帳，日後必定不會善罷甘休，至於真武劍是不是余巴川指使偷的，已經不重要了。

不料余巴川卻神色淡定道：「本想借著真武劍讓道長有個臺階可下，沒想到你非要逼我。」

淨禪子道：「此話怎講？」

余巴川道：「有件事，我不方便當著大家的面講，還請道長遣散眾人，我一說你就知道利害輕重了。」

淨禪子沉聲道：「余先生莫非是掌握了我武當什麼把柄？」

余巴川昂然道：「不錯！」

淨禪子微微一笑道：「那不妨說來聽聽，有則改之無則加勉，我這個掌門自會秉公處理。」

余巴川冷笑道：「這件事牽扯到的不是別人，正是道長你。」

淨禪子毫不遲疑道：「那就更無需遮掩了，老道自問沒做過什麼違背良心、損害武當的事，你但講無妨。」

余巴川盯著淨禪子道：「你確定？」

淨禪子森然道：「請講，我把醜話說在前面，如果你說不出個子丑寅卯，或者是憑空捏造，老道可要找你理論理論！」

聽到這裡，眾人無不凜然，他們還是第一次見淨禪子用這種口氣說話。

余巴川似乎是胸有成竹，他面帶冷笑，一字一頓道：「我想請問淨禪子道長，你是不是有個私生子？」

會場裡頓時陷入了一陣可怕的寂靜中，這種事別說是德高望重的武當掌門，放在任何普通男人身上都是極其嚴重的惡性事件，會場靠前的不少人都下意識地往後挪著座位，唯恐淨禪子發飆之後累及自己……

沒想到的是，淨禪子竟然點頭道：「沒錯。」

寂靜，仍是寂靜，所有人都不可置信地看著淨禪子。

余巴川逼視著淨禪子道：「你就沒什麼要說的嗎？」

淨禪子神色如常道：「我年輕的時候是有個孩子，但你說他是私生子我不能承認，我和孩子的母親是兩情相悅自由戀愛，只不過我們那地方偏遠，沒有辦證登記而已。後來我覺得人生虛惘，四處遊歷江湖，有幸拜在恩師龍游道人門下，我出家，孩子的母親也樂見其成，我結婚生子都是在入武當之前，我的事情恩師也全都知曉，余先生自以為抓住了老道的把柄，老道卻不把這些事放在眼裡。」

眾人聽到這裡，都把曖昧的目光投到了周沖和身上，按年紀推算，周沖和三十啷噹，正巧時間對得上，而且他年紀輕輕就已然成了公認的掌門繼承人，這份殊榮為什麼獨獨落在他頭上？周沖和自然也明白這些目光裡的揣測，可是又無從解釋，只能是欲語還休、暗自糾結。

王小軍看看陳覓覓，陳覓覓只是微微衝他搖頭，表示自己事先也不知道，不過她情緒平和，顯然也沒覺得這事有多嚴重。

余巴川冷冷道：「道長好大的胸懷，你沒放在眼裡的事就可以當沒發生嗎？」他口氣變嚴厲道：「那我問你，你每年都給這孩子寄錢，有這事嗎？」

·第六章·

江湖險惡

淨禪子拉住王小軍的手道：「王小軍，江湖險惡，我勸你也早早收手吧，得勢失勢不過是一時假象，百年之後誰還記得發生過什麼，主席誰當也只是過眼雲煙，你不如就此下山過自己的日子，再也別管這些是是非非了。」

淨禪子道：「有。」

這時淨塵子嘿然道：「掌門師兄，你這麼做說明你塵緣未了，那你當初幹嘛要出家呢？」

淨禪子瞪大了眼睛，激奮道：「信教滅了人欲也就罷了，連人性都要滅了嗎？我一走了之以後，你讓他們孤兒寡母怎麼生活？我給他寄的每一分錢都是我省吃儉用攢下來的，並沒有占任何人的便宜。」

面對余巴川的責難，他可以坦然無懼，但自己人也懷疑他的清白，他終於還是激動起來。

淨塵子道：「而且你的事龍游師叔也並沒有提起過，你有沒有對他坦白，誰也不能保證。」他轉頭問靈風，「你聽龍游師叔說過嗎？」

靈風默然不語，顯然是沒有。

淨禪子道：「我師父萬事不縈於懷，怎麼會特地和你們說這些。」

淨塵子冷冷道：「關係到我派掌門，茲事體大，我想請師兄即刻回武當述職，看看其他師兄弟怎麼說。」

靈風怒道：「淨塵子，你想造反嗎？」

淨塵子冷笑道：「他雖是掌門，有錯也要認，造反兩個字我可不敢當。」

出了這麼大的事，他不該回去給大家一個交代嗎？」

淨禪子擺擺手，苦澀道：「別說了，我跟你們回去，至於這邊……」

淨塵子道：「你自顧不暇，就別管那麼多了。」

「說得也是。」淨禪子忽然徑直走到王小軍面前，低聲道：「王小軍，老道可幫不上你了。」

王小軍不知該說什麼，他怒視著淨塵子道：「掃地的，你別再撞到我手裡！」

淨塵子微微打個寒顫，當著這麼多人的面也只能故作鎮定。

淨禪子拉住王小軍的手，輕聲道：「王小軍，江湖險惡，我勸你也早早收手吧，得勢失勢不過是一時假象，百年之後誰還記得逸雲山莊上發生過什麼，主席誰當也只是過眼雲煙，你不如就此下山過自己的日子，再也別管這些是是非非了。」

不等王小軍說話，陳覓覓斷然道：「師兄，你沒有錯！憑這些小事他們也休想扳倒你。」

淨禪子呵呵一笑道：「他們不扳，我也不想再藏著了。我之所以隱瞞這件事這麼久，就是怕有人拿它大做文章，沒想到這麼多年後還是被人揭了出來，人心莫測可見一斑，我不願你當掌門，也是出於這種考慮——」他忽然拿著陳覓覓的手放在王小軍手裡道，「師妹，無論發生什麼事，你不要再回武當了。」

陳覓覓哽咽道：「師兄……」

王小軍咬牙道：「道長，你說的境界太高，我達不到，那些老傢伙們要敢為難你，大不了我再去大鬧一回武當，總之不能讓好人受了欺負！」

淨禪子嘆了口氣，轉向綿月道：「大師，恕我要先走一步了，這邊的事你多擔待。」

綿月表情複雜道：「我盡力而為。」

淨塵子搶起真武劍道：「咱們走吧。」

周沖和神色慘然，眼睛定定地看著陳覓覓，陳覓覓在他肩膀上拍了一把道：「照顧好我師兄！」

周沖和下意識地低頭道：「是，師叔。」

淨禪子再不多說，率先走出了禮堂，武當諸人除了陳覓覓皆尾隨而去。

眾人見武當派變生肘腋，又一個德高望重的江湖前輩身敗名裂，不禁慨然，同時看向余巴川的神色也多了些畏懼。

余巴川三言兩語擠走一個重量級人物，臉上竟沒有絲毫的得意之色，彷彿只是在棋盤上按規劃好的路數走了一步棋而已，他環視四周道：「還有人反對我擔任武協主席嗎？」

臺下固然是一片啞然，連臺上也無人說話。江輕霞道：「綿月大師，在場的人裡，您身分最高，總不能看著一個外人耀武揚威吧？」

綿月尷尬道：「這……我說過了，我師兄不在，我不便越俎代庖，這件事到底要怎樣處理，我還得問過我師兄才行。」

余巴川打個哈哈道：「小美人掌門想使美人計嗎？可惜大和尚不近女色，何況他也有理虧的地方。」

綿月沉著臉道：「余先生，你說話最好放客氣些，我不想逾矩不代表我怕你。」

余巴川卻不在乎道：「我知道你不怕我，但你怕人說閒話，既然你抬出規矩，那咱們就按規矩辦，今年參加武協不用考試，我就作為武協會員來開會，按你們現在的規矩，誰武功最高誰就是主席，我就來問一問在座的幾位常委，誰不同意我當主席？咱們可以手下見真章嘛。」

華濤終於坐不住了，此時此刻，他已是幾個常委中唯一的「老人」，再不出面實在說不過去。他面帶微笑道：「余掌門，我……」

余巴川不等他說完，伸手一指他道：「你給我閉嘴，不然我第一個就打你！」

華猛怒喝道：「放肆！我——」華濤一把拽住他，黯然地搖了搖頭。

此時，眾人的目光都集中在王小軍身上，雖然這位鐵掌幫的少幫主是位新人，但大家都對他的個性有深刻的印象——余巴川這樣鬧，他早該跳起來了才對。

然而王小軍這會兒卻在走神，他沉思片刻，忽然道：「一夥的！他們是一夥的！」

王石璞納悶道：「什麼一夥的？」

王小軍喃喃自語道：「千面人的情人和余巴川是一夥的！他說他最近在查一起武當的醜聞，原來就是指這件事！」王小軍雖然想通了這一點，可是顯然就目前的情況來說無濟於事。

王石璞既聽不懂也不感興趣，緩緩道：「小軍，一會兒你要看好了。」

王小軍這才猛醒過來道：「看好什麼？」

王石璞朗聲道：「余掌門，我想討教一下你的武功。」
余巴川冷笑道：「你又不是常委，輪得到你接招嗎？」
王石璞微笑道：「反正你遲早是要過我這一關的，何必計較這些呢？」
余巴川道：「好，王小軍不敢冒頭，推出你這個替死鬼，那我就照單全收！」
王小軍詫異道：「大師兄，你要幹什麼？」
王石璞小聲道：「你好好看著，如果能找到他武功裡的破綻，以後這就是扭轉乾坤的契機！」
王小軍頓時明白，王石璞是要引余巴川出手，讓他好有機會參研對方的武功，說白了有點炮灰的意思。
王小軍道：「這種事要上也是我上……」
王石璞拍拍他的肩頭道：「你好好看著就是了。」
余巴川伸手一指道：「外面請！」
王石璞卻跳上主席臺，把桌子拋到下面道：「不用麻煩了，這地方足夠。」
余巴川冷冷道：「也對。」隨即也跳了上去，兩人面對面，王石璞道：「得罪了。」說著左掌護在肋下，右掌平平地推向余巴川。

余巴川微微冷笑，當下挪開半步，還了一掌。兩個人看似隱忍而溫吞，實則都蘊含了無窮的後招，一抬手一舉足藏著綿綿無盡的殺手。

在座的諸人都是眼光高明的一流高手，光看前三招就覺得脖頸子裡冷汗直冒，余巴川近年絕少在四川以外拋頭露面，王石璞更是從未在武協裡跟人動過手，這一出手都展露了令人生畏的絕技，不但後生晚輩們望洋興嘆，連前排那群老前輩也相顧駭然，心想自己能風平浪靜地混到今天真是不易。

王石璞雖是王小軍的大師兄，但除了上次跟余二還有青城四秀動手，王小軍幾乎沒見識過他施展武功，這時一看，就見王石璞雖然挺著一個大肚腩，但身法靈動，這一點倒是和韓敏有異曲同工之妙。

余巴川不苟言笑，矮小的身影在臺上躥來躥去，像一顆被機簧彈出去的鐵豌豆一樣，兩個人時而以快打快，時而凝滯遲緩，主席臺上隱隱有風雷之聲，預示著這是一場絕不容有失的決鬥，只要這風雷聲停住，那就意味著必有一人倒下。

王小軍目光瞬也不瞬地盯著臺上，臉色很不好看。這時就聽陳覓覓輕聲道：「小軍，你不要有負擔。」原來她不知何時已到了王小軍身旁。

王小軍紋絲不動地喃喃道：「我大師兄的技巧和內力都強過我，技巧上，我用游龍勁和亂七八糟的手段或許可以彌補，但是內力實在是硬傷。」

陳覓覓道：「武功高低是看綜合方面，如果光靠內力就能定勝負，那以後也不用比試了，誰的年紀大誰就是老大。」

王小軍道：「所以你師父活著的時候，是公認的第一高手唄。」

陳覓覓道：「我師父可不光是年紀大。」

這時王石璞和余巴川已經瞬間過了五十多招，從資歷和年紀來說，王石璞其實要算余巴川的晚輩，但在臺上絲毫看不出他有示弱的地方，反而仗著鐵掌的先天優勢偶爾佔據著上風，余巴川越打神色越是木然，這場架似乎就要這麼永遠打下去……

王小軍忽然有感而發道：「要是我爸沒病，余巴川一定不是他的對手。」接著他又嘆了一口氣，因為他也知道，這只是個假設。

鐵掌幫加上失蹤已久的爺爺，一共才有五個人，每一個可以說都是能獨當一面的高手，如果沒有反噬的弊端，鐵掌幫至今也會是毫無爭議的江湖第一大幫，他和余巴川的恩恩怨怨也就無從說起，所以說到底，這個假設根本沒有意義。

陳覓覓吃了一驚，平時的王小軍可不會說這樣的喪氣話。她偷偷把手塞進王小軍的手掌裡，低聲道：「小軍……」

這時王石璞的掌風忽然大作，他一掌快似一掌地攻向余巴川，每邁一步就踩塌一塊臺板，同時臉上神色忽紅忽白，余巴川微微冷笑，連著退出三步。

陳覓覓臉上跟著變色，王小軍眼光雖不如她，但也隱隱覺得不妙，王石璞最後一掌拍出，整個人像被突然抽光了力氣似的蜷縮起來，余巴川霍然一掌拍在王石璞胸口上，後者毫無商量地高高飛起，在空中噴出一口血然後才重重地摔在地上。

「大師兄！」王小軍爆喝一聲，衝上臺護在王石璞身前，余巴川背著手冷笑道：「你要謝謝我手下留情，剛才我想要他的命並不難。」

王小軍二話不說抱著王石璞跳下臺去，王石璞伏在桌上咳出幾口血勉強道：「我沒事……」

王小軍發狠地盯著余巴川就要再次上臺，王石璞死死地拉住他的手道：「小……小軍，聽我說，君子報仇……十年不晚……」

「我等不了！」王小軍從牙縫裡蹦出幾個字。

陳覓覓沉聲道：「小軍，你應該明白忍辱負重比逞一時之快要難，你現在上臺也無濟於事。」

王小軍悵然地看著王石璞道：「大師兄，一開始你就應該讓我去的，你武功比我高，你來壓陣的話，說不定有贏的可能。」

王石璞黯然搖頭道：「我武功比你高，也只是一點點而已，咱們毫無勝算，鐵掌幫總得有人出來抵擋一陣……我上了，你就不用上了。」

余巴川直視著臺下道：「王小軍，下面是不是該你出手了？」

王小軍緊咬著牙，王石璞和陳覓覓則一邊一個死死拽著他。

這時張庭雷霍然站起道：「余巴川，你在這裡耀武揚威，是欺我武協沒人嗎？」

余巴川瞇著眼睛道：「虎鶴蛇形門什麼時候成了鐵掌幫的跟班了？」

張庭雷氣道：「你和鐵掌幫的恩怨我們不管，但是你公然在這裡叫囂就是不把我們放在眼裡，你武功再高，能把這裡的人全都放倒嗎？」

張庭雷這番話，不少人跟著附和起來。

余巴川哼道：「終於抬出車輪戰這一招了，別忘了我現在也是武協的人，這樣吧，給你們三次機會，你們選三個人出場，只要任意一個贏得了我，我這就下山。」

胡泰來眼裡都是怒火，恨不得報名，但想到自己武功不算出類拔萃，貿然出戰只能憑白佔掉一個名額，只得忍氣吞聲。

金刀王慨然道：「沒想到武協搞到了今天這步田地，以前王東來雖然霸道，但他總還是講理的，今後要是誰憑武力就能輕易當上主席，這樣的武協不待也罷。」

余巴川打個哈哈道：「這話說到重點上了，你們以為我真的把區區的武協主席放在眼裡嗎？王東來自認武協是他一輩子的心血，我就是看它不順眼，你們解散了更好，否則這個主席我當定了，是跟我打還是就地解散，你們看著辦吧。」

眾人恍然，原來余巴川的真正用意就是禍害武協，以報當年在王東來那受的一掌之辱，至於是成為主席還是乾脆解散，他壓根也不在乎。

當下有人道：「你和鐵掌幫的事你們私下解決就是了，幹嘛把我們牽扯進來？」

余巴川淡然道：「這我不管，我余巴川做事只憑痛快，你們就算一擁而上，我日後逐一去各位門上拜訪，那也是一樣的。」

這話一出人人自危，一時再也沒人搭腔了。

余巴川頓了頓又道：「而且我不知道一個破武協有什麼好待的，規矩多、破事多，用得著它的時候它卻頂不了屁用。」說到這，他面向江輕霞道：「小美人掌門，你堂堂的常委之一，被我幾個弟子就壓得抬不起頭來，武協替你出過面嗎？」

江輕霞怒道：「恬不知恥！」

這時綿月忽然雙手合十道：「阿彌陀佛，事情鬧到這一步，我可不能再袖手旁觀了！」

綿月此話一出，所有人都肅然無語，淨禪子一走，綿月已經是僅剩的可以憑一人之力扭轉局面的存在，見他終於出面，不少人都鬆了一口氣。

不料綿月話風一轉道：「武協創立的宗旨本是為了讓武林朋友們有個能敘舊交流的對方，規章條例也不過是前人隨想隨寫，從先天條件來說就屬於草創，咱們江湖人不拘小節，很多規矩這麼多年來也沒有進行過修改和跟進，武協何去何從也該有個了斷。」

江輕霞吃驚道：「大師，你趕走余巴川就行，說這些幹什麼？」

綿月搖頭：「自王東來幫主失蹤以後，捫心自問，咱們幾個常委都是失職的，會員有事報上來，最終都得不到解決，無非是敷敷衍衍、拖拖拉拉、不了了之。我們少林是禪宗，最講究與世無爭清淨修為，坐在這個座位上實在是因為朋友們的吹捧，多年來無論我師父也好、我師兄也好，參加武協大會不過點卯應酬而已，心裡其實早有退意，讓出家人當什麼常委，簡直就是莫大的諷刺，余先生的到來不失為一個契機，武協留與不留，我看還是大家投票決定吧。」

王小軍目瞪口呆，眾人更是寂然無語。

江輕霞急道：「可是余巴川明明就是挾私報復，大師你不能上他的當啊。」

綿月轉向余巴川道：「余先生，你和王東來的恩怨是你們那一輩的事，假如武協解散了，你能答應我不再繼續找鐵掌幫的麻煩嗎？」

余巴川道：「只要武協解散，我就心滿意足，憑我的身分怎麼會再去和幾個晚輩計較嘛，哈哈。」

江輕霞道：「大師！余巴川的話怎麼能信？再說，你這麼做不是讓親者痛、仇者快嗎？」

綿月淡淡道：「佛家講究緣法，緣法盡了，強留也無益，這樣吧，午飯後進行一次全體委員的投票，最終結果決定武協是否解散。」

江輕霞還想說什麼，綿月擺手道：「就這樣吧，一個小時後，大家再在這裡集合。」說著竟拂袖而去。

王小軍手腳冰涼道：「怎麼會這樣？」

王石璞咳嗽連連道：「小軍……咱們都已經盡力了，你爸也不想讓你再摻和江湖的事，正好……」

這時，胡泰來唐思思和江輕霞他們都圍了上來，大家都是面帶沮喪，都沒想到事情會走到這一步。余巴川搬了把椅子大喇喇地坐在主席臺上，兩眼望著屋頂，一副胸有成竹的樣子。

臺下眾人也都陷入怔忡不安中，哪還有心思吃飯。他們三三兩兩地聚在一起竊竊私語，目光躲閃地看看王小軍又看看余巴川。

胡泰來安慰王小軍道：「我看大部分人對武協還是有感情的。」

韓敏嘆氣道：「不見得……今日武協發生的事讓人寒心，說實話，我們如果不是為了幫小軍，也不想再留下了。」

王小軍拳頭握緊又鬆開，他忽然嘿嘿一笑道：「這樣一來事情就簡單多了，我說過，不管余巴川想幹什麼，我不讓他得逞就是了，他現在想解散武協，那我就讓武協繼續存在下去！」

他見陳覓覓緊皺眉頭沉思不語，知道她是在為淨禪子擔心，剛才為了確保他不會衝動，陳覓覓還要攔著他上臺，這時舊愁未去又添新憂，她反而是最不好受的一個，趕忙安慰道：「覓覓，你不用擔心，你師兄會沒事的。」

陳覓覓勉強一笑道：「我師兄這一走，我的小臉也不管用了。」

唐思思道：「我的小臉還在——咦，我爺爺他們呢？」原來唐德已經離開會場，不知到了何處。

江輕霞道：「既然小軍打定主意了，那咱們去拉拉票吧。」

王小軍霍然站起道：「好，面子值幾個錢？我這就去挨個求他們去！」

余巴川居高臨下冷冷地看著他，既不阻止也不說話，只是冷笑。

這幾個年輕人魚貫走下場去，這時大部分委員並沒離開，但一看到他們都紛紛躲避，客氣一點的還能陪個笑臉把話題岔開，勢利一點的，乾脆直接把頭扭過去視若不見。

王小軍見張庭雷坐在座位上出神，他慢慢走過去，陪著笑臉，小心翼翼道：「老爺子……」

張庭雷默然良久，最終嘆了口氣道：「我再賣你一個面子，我可以保證所有和虎鶴蛇形門有關的委員都站在你一邊。」

王小軍感激道：「謝謝！」

張庭雷道：「現在人心不定，又無人主持大局，你不要在我這浪費時間，重要的是剩下的兩個常委的意見。」

王小軍恍然道：「是，多謝老爺子。」他大步走到華濤面前道，「華掌門……」

華濤堂堂的常委被余巴川當眾羞辱，也算顏面掃地，這會正在懊惱，他擺擺手道：「你不用說了，我自己會考慮的。」

華猛道：「師父，姓余的那麼猖狂，那咱們就跟他死磕到底！」

華濤怒道：「你給我閉嘴，我還沒死呢！」

王小軍不再多說，衝華濤鞠了一躬，隨即走到沙麗面前，沙麗這時正意興盎然地看著王小軍，面露譏誚道：「昨天晚上我跟你說的話這麼快就又驗證了，武協這群老頭子不但尸位素餐，還欺軟怕硬，一個余巴川就把他們都嚇住了。」

王小軍皺眉道：「你還說你跟他不是一夥的？」

沙麗道：「你是嫌我壞了規矩嗎？其實沒有我，這種情況是遲早的事，只要鬧了亂子，最終都是誰最有實力誰當老大，反正論資歷和武功，你都當不了主席，綿月撒手不管的結果，就是余巴川趁虛而入，有沒有我都是一樣的。」

王小軍道：「說到底，你幫不幫我？」

沙麗道：「這樣吧，你只要答應我，肯加入我的協會，我就幫你。」

王小軍道：「到時候我還是武協的常委，怎麼能再加入你的協會？」

「不矛盾啊，你辦了這家健身房的卡，就不能去別的健身房跑步了嗎？」

王小軍搖頭道：「不一樣，如果我是這家健身房的大股東，再去別人家跑步，我的顧客們就會多心了。」

沙麗聳肩道：「那愛莫能助。」

陳覓覓拉住王小軍的手道：「我們走吧，她不會幫你的。」

沙麗意味深長地笑道：「小聖女是吃醋了嗎？」

陳覓覓回頭瞪了她一眼，沙麗毫不在乎道：「希望有機會能和你切磋一下。」

「好啊。」陳覓覓淡淡回了一句，小聲對王小軍說，「千面人的情人和余巴川是一夥的，我師兄的所謂醜聞就是他搞出來的，就為了在今天發難。」

王小軍道：「這一點我也想到了。」

陳覓覓道：「所以現在可以肯定，千面人和他的情人、余巴川是一丘之貉，最主要的，武功最高的蒙面人至今還沒出現，但顯然也是他們一夥的，就算在投票中我們贏了，接下來要對付的將是蒙面人。」

王小軍苦笑道：「這真是又一個『好消息』。」

這時唐思思道：「我爺爺他們都不接電話。」

王小軍嘆氣道：「你爺爺當然不能接你電話，你們家的暗器譜八成就在余巴川手裡，這會他早已威脅過你爺爺了。」

唐思思嚇了一跳道：「那怎麼辦？」

王小軍道：「那就要看你爺爺有沒有你二哥的胸懷，肯索性捨棄暗器譜了。」

唐思思篤定道：「我看沒有！暗器譜不像真武劍，只是一個象徵，我們唐家現在用的大量的秘方還是沿用暗器譜上面的，余巴川要是把它毀了或公之於眾，唐門都不能接受！」

胡泰來道：「乾脆咱們把余巴川的所作所為當眾說出來……」

王小軍打斷他道：「第一，沒有證據。第二，人們就算相信了你說的，只能是增加對余巴川的恐懼。」

胡泰來鬱悶道：「武林不該是個熱血馳騁的地方嗎？怎麼我們見到的全

是唯唯諾諾、鼠肚雞腸之輩？」

王小軍道：「這一點我早就看透了。」他笑嘻嘻地拍拍胡泰來的肩膀道，「老胡，你還是太稚嫩啊！」

王小軍嘴上說笑，其實眾人都感覺到了烏雲壓頂的壓力。

一小時說到就到，綿月大步走上主席臺道：「下面進行投票。」他頓了頓道，「因為事關全體會員的利益，所以我建議常委和委員無差別投票，就是說常委也只代表自己一票，各位有什麼意見嗎？」

會場上鴉雀無聲。

綿月道：「好，投票正式開始，首先，不同意武協解散的委員請舉手。」

王小軍、江輕霞、胡泰來以及張庭雷的同門都舉起了手，粗略一算，居然只有稀稀落落的十幾票。

王小軍的心一個勁往下沉，想不到武協已到了這步田地……

綿月又道：「好，同意武協解散的人請舉手——余先生，為了服眾，你願不願意置身事外？」

余巴川面無表情道：「沒問題。」

王小軍緊張地環顧會場，只見東南角率先有五六個人舉起了手，王石璞道：「那些大多都是四川的門派。」

王小軍點點頭，余巴川一直孜孜以求的就是在四川建立他的川蜀聯盟，唐門和峨眉派都曾是他的拉攏和威脅對象，看來還是卓有成效的。

除了那幾個人，又有十來個委員舉了手，算起來雖然比不同意解散的票數要多了幾票，但也不成氣候，看來大部分人都沒想好。

王小軍稍稍寬心。綿月按按手道：「放下，放下，我知道事關重大，大夥心裡沒個準譜，不過說到底。這是你們自己的權益，所以我不建議棄權處理，當然，實在舉棋不定的話也無法，下面，投棄權票的請舉手。」

·第七章·

誰是真凶

周佳道：「我可以證明暗器譜不是佘掌門偷的。」

唐德怒道：「那你說是誰？」

周佳抬頭看著綿月道：「綿月大師，我們唐門以上賓之禮相待，你為什麼要以怨報德，搶走我們的暗器譜？」

此言一出，禮堂上竟再無聲息。

會場上頓時舉起二三十隻手，相對斟酌煎熬、權衡利弊，自然還是棄權最為方便，這裡面一共是八十多位委員，居然有一小半都表示要棄權。

王小軍和陳覓覓對視了一眼，都是暗暗搖頭，以前武協人氣高漲的時候，誰都以進入武協為榮，今天居然淪為雞肋。可見在余巴川的遊說和威脅下，不少人心生去意。

綿月道：「這樣吧，為了更直觀，從現在開始，投過票的委員請暫時到外面，剛才表過態的，想反悔的話，再給大家一次機會，這回我再問一次，棄權的人請舉手。」

不等委員表決，前面兩排老前輩們轟然起立，為首的一個長鬍子老頭道：「綿月大師，我們不是委員，就不在這惹眼了。」

綿月道：「張老師客氣，各位雖不是委員，想投票的話，自然也不會有人說什麼，不必這麼教條。」

長鬍子老頭連連擺手道：「不了不了，我們還是在外面等著。」所謂人老精鬼老滑，這群老頭分明是誰也不想得罪，找個由頭乾脆集體投了棄權票。

綿月道：「請投棄權票的朋友自行離開。」

當下有十來個人毫不遲疑地走了出去，比之剛才卻是少了一半多，這情形就很微妙了，那些人也許是舉棋不定，也許是想繼續留下湊個熱鬧。

綿月肅穆道：「下面，請不同意武協解散的人離開。」

張庭雷率先一揮手，帶著幾個虎鶴蛇形門的旁支晚輩或朋友走了出去，接著胡泰來、程元邦、金刀王也相繼站起走到了門口，叫不出名姓的也有十來個陸續離席。

江輕霞舉手笑道：「我投票，不過在場只剩下四個常委，我們就不用出去了吧？」

綿月微笑道：「好，常委嘛，這點特權還是有的。」

江輕霞往主席臺這邊瞟了一眼道：「王小軍，你呢？」

王小軍這才反應過來，忙道：「我也投票。」他舉手的同時看著旁邊的華濤，華濤臉上陰一陣晴一陣，似乎犯了大難。

王小軍低聲道：「華叔，算我求你一次！」

華猛也急道：「師父，這個慫咱可不能認啊！」

華濤猶豫再三，終於嘆氣道：「我也投票！」

沙麗忽然高聲道：「喲，還帶現場拉票的。」

王小軍笑嘻嘻道：「誰也沒說不許呀，既然已經這樣了，沙美女，那我就再拉一票——你不如也舉手算了。」

沙麗冷冷道：「我先表態，我投同意解散武協一票。」

王小軍撇撇嘴，也不以為意。沙麗這種早就找好了後路，就等著跟原單位辭職的，他自然沒對她抱任何希望。

這時會場裡還有五十多位委員，綿月往下看了一眼道：「這麼說，剩下的都是同意武協解散的嗎？」

那位郭怒郭三變愕然道：「綿月大師，您這步子也邁得太快了，其實我們是還沒想好。」

綿月微笑道：「郭老弟綽號叫三變，不會這時候也應個景吧？」眾人都是哄然而笑。

郭怒道：「不變不變，我得再想一想。」

綿月聽了道：「既然如此，咱們就還按程序來——請同意解散武協的朋友離席。」

依舊是東南角上那幾個四川委員帶頭，二十多個人走出了會場。

圓通大聲道：「票數統計，否決票和贊同票為廿三比廿七，其中否決票裡包括三位常委，贊同票裡有一位常委。」

綿月笑道：「看來留下不肯走的諸位是真的沒想好。」他表情一變道，「不過今天必須投出個結果來，再給各位三分鐘的考慮時間，三分鐘以後沒有明確表態的都按棄權處理。」

此時此刻，場內場外幾百雙眼睛都盯在這中間不到三十個人的身上，有些人頂不住壓力，主動宣布自己投棄權票走了出去。漸漸的，只剩了十幾個人。

陳覓覓憂慮道：「從局面上看，對我們不利——咱們比余巴川少了四票，再這麼走下去，咱們自己就輸了！」

王石璞喘息道：「小軍，就算投票贏了，余巴川要繼續鬧下去，你打算怎麼辦？」

王小軍道：「那也只能走一步看一步了，余巴川不是說給咱們三次機會嗎，我先上去撐他五十招，覓覓再堅持五十招把他體力耗個七八成，再找一個高手上去一錘定音！」

王石璞欲言又止，其實他不說王小軍也明白，這個最後一錘定音的高手只存在於想像中，在場的並沒有誰能確保完成這個任務……但是在投票階段就輸的話，就意味著連最後一搏的機會都沒有！

禮堂中間，最後的十幾個委員臉上，焦灼、憂慮、猶豫的神色接連閃過，下不了這個決心。

圓通大聲道：「還有最後一分鐘。」

王小軍忽然站起道：「各位，空話我不會說，我想留在武協，是因為我爺爺的關係。我爺爺以前橫行霸道也好、秉公無私也好，他練功走火入魔是事實，這意味著他以後不會再成為大家的倚仗，同樣不會成為大家的威脅，武協的創辦不是為了一個人，武協是大家唯一的俱樂部，在這裡我只想說一句，別忘了你們的身分，我知道有人在虎視眈眈地盯著，我們不必怕他，跟他拼命就是了，打得過就打，打不過就認，但求問心無愧！」

眾人默然無語，郭怒霍然站起道：「我投否決票！」接著也有幾個人尾隨著他投了票。

綿月點點頭，對余巴川道：「為了公平起見，余先生也可以說兩句。」

余巴川冷笑道：「我沒什麼可說，只想提醒王小軍一點——如果武協繼續存在下去，他很有可能弄巧成拙、徒為他人作嫁，因為，最終我還是會當上主席。」

剩下的委員中，不知是被余巴川說動還是終於決定孤注一擲，紛紛投了贊同票。隨著眾人的離席，會場中間赫然只剩下一個人。

唐思思瞪大眼睛道：「爺爺？」

原來唐德最終沒有投票，老頭沉著臉，也不知在想什麼。

圓通道：「最終投票結果，否決和贊同票各是三十二票，並且時間已到。」他小聲問綿月，「師叔，要按棄權處理嗎？」

綿月擺擺手，和顏悅色道：「唐兄，你還沒想好嗎？」

此刻所有人的目光都聚攏在唐德身上，老頭慢慢站起，卻仍不說話，臉上猶豫不定，似乎是在做激烈的心理交戰。

綿月和顏悅色道：「唐兄，武協是存是亡就在你這一票了，你到底是怎麼想的？」

唐德失措地看著綿月，望向余巴川的目光卻有些躲閃。

這時，一個戴著厚底眼鏡、背有些駝的青年從門口走到大禮堂過道上，面無表情道：「大師，我有話說。」此人正是唐門第一高手唐傲。

綿月道：「原來是唐家二郎，你有什麼話說？」

唐傲淡定如水道：「武協大會前夕，神盜門夜襲唐門，旨在偷走記錄著唐門暗器的暗器譜，好在被王小軍他們阻止，但最終暗器譜還是被一個蒙面的神秘高手強奪而去，這件事綿月大師也是知道的。」

眾人譁然，唐傲這也算是自曝家醜，誰也想不到堂堂的唐門居然出了這種事。

綿月點頭道：「沒錯，我還答應過唐兄，這件事我不會袖手旁觀，這邊武協的事一了，我馬上著手調查。」

唐傲道：「然而就在剛才散會之前，有人給我爺爺私下送信，以暗器譜為要脅，要他必須投同意解散武協一票，暗器譜上記載著我唐門幾乎全部暗器的製作、手法、解藥秘方，對方無論是將它撕毀還是公之於世，對我唐門都是致命打擊，我爺爺之所以猶豫不決，全繫於此。」

眾人再次聳動，自然而然地都把目光掃向余巴川。

唐傲也面向余巴川，依舊淡淡道：「余掌門，你這麼做不覺得卑鄙嗎？」

余巴川神色如常道：「你的意思這事是我做的？」

唐傲道：「你糾集神盜門偷真武劍、搶暗器譜，就是為了這一刻好脅迫武當和唐門支持你的報復行徑，你不會敢做不敢當吧？」

余巴川道：「笑話，說話是要講證據的，我跟神盜門並無聯繫，況且淨禪子中途退會也不是因為真武劍。」

當下有人問唐傲道：「那個送信的人呢？你們抓住他沒有？」

唐傲道：「那只是一個普通的服務人員，我們抓他幹什麼？」

幾個操著四川口音的委員頓時紛紛道：「那就是沒有證據！」

綿月沉吟片刻道：「唐兄，既然我答應過你，就會給你一個交代，現在，還是請你先行投票吧。」

唐德猶豫再三，忽對余巴川道：「余掌門，唐門和青城派素無恩怨，請你念在鄉土之情，把暗器譜還給唐門。」

余巴川冷冷道：「聽你這話說的，我要答應了，豈不是承認了暗器譜是我偷的？」

這時唐傲忽道：「爺爺，暗器譜既然落入他人之手，這時候還回來也已無用，人家說不定早就複印了千百份，無論你就不就範，唐門再無秘密可言，所以我說這東西不要也罷，您投票只需追隨本心就好。」

唐德額頭冒汗指尖微顫，暗器譜是歷代前人的心血，放棄它就等於是要把百層高樓推倒再從一磚一瓦蓋起，任誰也會踟躕焦灼。

就在這時，一個嬌柔的聲音由外而內道：「我可以證明，暗器譜不是余掌門偷的。」隨著說話的人走進禮堂，眾人面面相覷，竟然無一人認識。

唐思思卻瞪大眼睛道：「媽？」

進來的人正是唐聽雨的妻子周佳。

王小軍和陳覓覓對視一眼，均是莫名其妙，余巴川拿暗器譜威脅唐德，他們誰也不覺得意外，可是周佳怎麼會冒出來？還替余巴川說話？

王小軍不禁喃喃道：「完了完了，周佳一定是在唐門受的委屈多了，心生怨忿，所以當了余巴川的臥底，這麼狗血的事咱們早該想到的。」

陳覓覓又氣又笑道：「呸，那你怎麼不早說？」

唐聽雨驚詫道：「小佳，你怎麼到了這裡？你不是在山下的酒店裡嗎？」

余巴川則怪笑道：「終於有人替我出頭了，這位姑娘是哪門哪派的啊？」合著他根本不認識周佳，自然，也可能是為演戲而已。

周佳道：「我是唐門二爺唐聽雨的妻子。」

余巴川微微一愣，隨即得意道：「這回你們總該信了吧？」

唐德沉著臉道：「老二家的，你到底想幹什麼？」

周佳重複一遍道：「我可以證明暗器譜不是余掌門偷的。」

唐德怒道：「那你說是誰？」

周佳抬頭看著綿月道：「綿月大師，我們唐門對你以上賓之禮相待，你為什麼要以怨報德，搶走我們的暗器譜？」

此言一出，禮堂上竟再無聲息。

綿月被問得一愣，乾笑道：「這……這是什麼意思？」

唐思思飛奔到周佳身邊道：「媽，這是怎麼回事？」

周佳提高聲音道：「大家有所不知，唐傲說的那名蒙面高手是在光天化日之下闖入唐門，當時唐門長幼無一不在，加上王小軍、胡泰來、武當小聖女，可謂高手雲集，然而還是被這蒙面人如入無人之境，他公然出現，接連打倒眾人，眾目睽睽之下帶著暗器譜離開，試問武林裡有幾人能有這樣的武功？」她直指綿月道：「綿月大師，你那天實在不該自己出手的。」

唐德低聲道：「你不要胡說八道！綿月大師怎麼可能？」

綿月微笑道：「唐夫人異想天開，只是你最後那句讚譽我可當不起，武林臥虎藏龍，何況我也和那蒙面人對了兩掌，說來慚愧，我竟不是他的對手。」

眾人聞聽，一起把目光轉向了王小軍，王小軍攤手道：「不是我爺爺！真不是！」

唐聽風沉聲道：「思思，快把你母親帶下去吧，她神智不清了。」

唐思思手心冒汗，她拽著周佳的衣角道：「媽，你還有沒有別的證據？」唐思思也覺周佳的話驚天動地，但她相信母親不會信口開河。

周佳衝女兒嫣然一笑，當眾道：「我知道這說明不了什麼，可是綿月大師，你還記得蒙面人用來蒙面的那件花襯衫嗎？」

綿月疑惑道：「花襯衫？」

周佳道：「那件花襯衫並不是蒙面人的，而是唐家堡裡的東西，偏巧不巧，它曾經就放在大師你住的房間裡。」

綿月道：「這我倒真沒注意，不過就算是真的，也說明不了問題吧，那人潛入唐家堡，偶然心生搶暗器譜之意，隨便溜進一間屋子找了蒙面的東西，只不過偏偏是選中了我那間而已。」

眾人都點頭道：「沒錯。」

周佳道：「大師果然是心思縝密之人，那件花襯衫本是園丁工作時才穿的，因為偶然棄置在那間屋子的角落裡，大師就是覺得它『沒人注意』才決定拿它蒙面，可你不該用完之後仍把它放回原處，我們都親眼所見那蒙面人跳出了唐家堡，難道他事後竟還會冒險潛回來，就為了還一件衣服？」

綿月微笑道：「越說越離奇了，花襯衫云云我完全不知情，再說，這世上就沒有同樣款式的花襯衫了嗎？我想請問唐夫人，這些事情你又是怎麼知

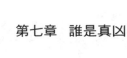

道的，是不是我哪裡得罪過你，所以你處處針對我？」

周佳淡淡道：「我只是覺得蹊蹺，所以那晚趁大師在樓下用餐的時候偷偷進了大師的房間，為了鄭重起見，你的屋子是我親自打掃的，一景一物我都熟悉，那件花襯衫也是那時才注意到的。」

綿月不悅道：「所謂疑人偷斧，主人就是這樣招待客人的嗎？」眾人也是指點紛紛。

周佳道：「我之所以覺得蹊蹺並不是憑空而來的，神盜門偷竊暗器譜不成，它被從密室轉移到我公公手裡，知道這件事的人並不多，而這些人裡擁有這麼高武功的，只有大師你一個。」

王小軍愕然道：「沒錯，千面人投石問路，最終由蒙面人精準打擊，但暗器譜後來的具體位置是怎麼洩露出去的？這點我們都沒仔細想。」

綿月不耐煩道：「這一切都是唐夫人自說自話，一件花襯衫就想定了我的罪嗎？」

唐聽風剛要發火，唐傲攔在他前面道：「爸，你讓嬸嬸說完。」

周佳淡淡道：「我如果不掌握確鑿證據，怎麼敢當眾質疑江湖上德高望重的綿月大師——我進入你房間之後，在你床鋪之下發現了暗器譜。」

「嘩——」禮堂內外頓時爆炸了！

唐德目瞪口呆道：「你……你說的是真的？」

綿月面帶譏誚道：「這麼說來，唐門的暗器譜根本就沒丟？」

周佳道：「是的，當時我清楚，如果被你發現，我們唐門滿門必定性命不保，情急之下只好把暗器譜的封皮套在一個差不多規格的本子上，然後用油筆亂寫亂畫了一通，不知道大師為什麼至今還沒發現那是一本假的暗器譜。」

唐德瞪大了雙眼道：「真的暗器譜現在何處？」

周佳道：「被我藏到了一個萬無一失的地方——至於大師手上那本暗器譜的真假，他拿出來一看便知。」

綿月一笑道：「唐家人故布疑陣的手法是越用越熟了，我手上怎麼會有暗器譜？至於唐夫人說的話，也恕我一概不認。就算暗器譜真的還在唐門手裡，也說明不了什麼。」

周佳盯著綿月道：「大師，你是出家人，撒沒撒謊你自己心裡清楚，我不知道你為什麼這麼做，但你但凡還有三分對佛祖的虔誠，就不該如此。」

她說到這兒，掏出一個本子雙手交給唐德道，「爸爸，暗器譜一直在我這裡，之所以這些天沒對您說明，就是為了在天下英雄面前揭穿綿月，只有這樣，我們才能確保安全。」

唐德急匆匆一把搶過那本子，顫抖著翻了幾頁，老淚縱橫道：「是真的！你……你是我唐門的恩人！」

老頭激動之下似乎就要跪下，想想不妥，最終給周佳鞠了一躬。

周佳急忙躲開道：「爸爸，您別這樣。」

唐德擦擦眼淚，瞪視著綿月道：「大師，你為什麼要這麼做？」

綿月臉上也有了怒色道：「唐門自家搭臺自家唱戲，這麼栽贓於我，我也想要個說法。」

唐德沉聲道：「大師這是公然威脅我們嗎？」

他話音未落，唐聽風唐聽雨分別站到唐德兩側，連唐思思也把母親護在身後，唐傲扶了扶眼鏡，目光灼灼，似乎在計算這裡到綿月的距離……

眾人無不悚然，這時有個蒼老慵懶的聲音道：「我給你個說法怎麼樣？」

眾人一回頭，見劉老六帶著另一個只顧低頭玩手機的老頭走了進來。

王小軍好奇道：「這老傢伙自打開會就再沒見過，也不知在忙什麼。」

綿月見是劉老六，也微微一笑道：「六兄說要我一個說法，此話怎講？」

劉老六卻忽然岔開話題道：「上個月七日，兗州蹶腿門王青的祖傳掌門扳指失竊，八日，同在山東的神弓錢小豪的牛角弓失竊，這張弓雖然年代不甚久遠，但是能做這種弓的師傅少之又少，幾乎瀕臨失傳，錢小豪向來視若珍寶。上個月十二日，紫竹幫的段老爺子家傳的療傷秘方在家中失竊，十五日，逐流幫幫主的鯊魚骨潛水護板失竊……」

劉老六一連說了一大串人名，不是丟祖傳的寶貝就是丟功法秘笈，總之都是武林人愛惜如命的東西。

綿月揚眉道：「六兄，你說這些幹什麼？」

劉老六道：「這些人有個共同點，就是此刻都在這個會場；還有一個共同點我就要考考大家了，看誰能看得出來。」

眾人的目光不約而同地去尋找這些人所在的位置，卻見他們無意中都站在一起，頓時有人赫然道：「他們都投了贊成票！」

王青、錢小豪這些人錯愕地面面相覷，顯然這時才知道大家都有著相同的遭遇。

綿月道：「六兄到底想說什麼呢？」

劉老六道：「這些事都係神盜門所為，神盜門向來神秘低調，然而神盜門頻繁出手針對武林人士，大家不覺得奇怪嗎？」

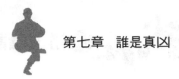

綿月沉聲道：「六兄是說他們之所以投贊成票，是受了脅迫？」

劉老六道：「沒錯。」

這時一條壯漢站出來大聲道：「六爺說的我不同意，我也投了贊同票，但是我可沒受脅迫。」

劉老六擺擺手道：「我知道，我知道，你們是自願的。」

綿月道：「所以，六兄覺得這會不會是偶然巧合？」

劉老六笑嘻嘻道：「那也未免太巧了。」

綿月道：「我素知六兄是武林的百科全書，可這些隨機發生的事件，你是怎麼知道的？」

劉老六道：「一兩個門派出事確實說明不了什麼，可接連四五個門派都丟了寶貝以後，我老人家自然也就觸類旁通了，那段時間以來，我在全國各地奔走，就為了拜訪武協裡的各位委員，好在大夥都不把我當外人，所以有什麼事都會跟我說。」

綿月點頭道：「可這裡丟了寶貝的委員不超過十人，投了贊成票的卻一共是三十二位，這一點六兄又怎麼解釋？」

劉老六道：「這三十多人裡固然可能有些是對武協真的心灰意懶了，

但據我所知，至少還有三分之一的人是看在一個人的面子上，才投了贊成解散票。」

綿月道：「誰？」

劉老六毫不遲疑道：「你！」

綿月喝道：「為什麼是我？」

劉老六立刻接口道：「因為你早就籌劃組建一個新的協會好代替武協，這三十二位投了贊成票的委員，無論是丟了寶貝的也好，衝你面子的也好，他們都有一個更大的相同點──在這之前都見過你！你是德高望重的高僧大師，武林前輩，如今降格拜訪他們，這些人自然對你奉若神明，你有什麼問題他們也言無不盡，於是你開始探他們的口風，對武協忠心耿耿的，你就讓神盜門出手，以便事後威脅，只要透露出對武協丁點的不滿，你就趁機拉攏收買，我敢說，這三十二票裡，至少有十個人已經知道你要組建新協會的事，他們同意解散武協，就是為了助你一臂之力！」

唐德瞪大眼睛，喃喃道：「不錯，綿月到我唐門之前，確實問過我對武協的看法……」

王小軍和陳覓覓一起看著對方，又異口同聲道：「他是不是也問過

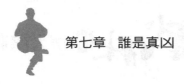

你？」接著兩人一起默然。

綿月聽著這一切，忽然笑了，摸了摸頭頂，緩緩道：「沒錯，我是想組建一個新協會，而且名字都已經想好了，就叫民協。」

事情到了這一步可謂是百轉千迴，眾人誰也沒想到德高望重的綿月大師會聯合神盜門做出這種卑劣的行徑，更沒想到他居然背地裡又組織了一個叫民協的新協會。

綿月放下了這麼久以來的偽裝，似乎也鬆了口氣，他看看目瞪口呆的人們，微微一笑，不緊不慢地解釋道：

「所謂民協，可以理解為為民服務的協會。武協有一條規定我至今不太明白，它規定我們不許插手江湖以外的民間瑣事，說簡單點，就是不許我們見義勇為，我問過在座很多人相同的問題，你為什麼學武？我們見到不公為什麼不能出手？看得出不少人跟我有一樣的疑惑，我們明明都是身懷絕技的人，付出一生心血的本事，難道只能每年在武協開會的時候顯擺顯擺，在武林同仁面前耀武揚威？」

王小軍聽到這裡忽然恍然地看著沙麗，喃喃道：「原來沙麗不是余巴川的馬前卒，而是綿月的。」

綿月繼續道：「就這個問題，我年輕的時候問過不少老前輩，也問過我師兄，他們統一的回答是：社會也是一個生態，如果我們破壞了這個生態，就會讓人們養成依賴性，引來不必要的關注，最終危及自身；可我還想問一句，如果我們連街上跑的蟊賊都不敢抓，那還有存在下去的必要嗎？各位在學武以前，師父諄諄教誨的難道不是武德嗎？」

眾人面面相覷，有不少人深有同感，之所以這麼多年沒人提出異議，也只是因為墨守成規而已。

唐德冷冷道：「你再會雄辯，搶奪我唐門暗器譜也是事實，對武林同道都下這樣的狠手，我們怎麼指望你為民辦事？我投否決票！」

綿月並不生氣，而是溫和道：「唐兄惱火也是應該的，我為我在唐家堡的所作所為也常常自責，包括對其他幾位的非常手段，但我也是迫不得已。本來想著事後一定要對大家明言，爭取取得你們的原諒。沒想到功虧一簣，先一步失敗了。」

唐德道：「你這才是自說自話！」

綿月微惱道：「我綿月在這件事上雖然有失光明，但絕不是卑鄙小人，你道我為什麼沒有發現暗器譜是假的？就因為這東西自到我手，我從沒有偷看過一眼。」

唐德哼了一聲，不再多說。

綿月衝圓通打個手勢，圓通馬上搬上一個箱子來，綿月道：「家中失竊的各位，你們的寶貝都在這裡，凡是神兵利器我都加意保養修繕過，凡是秘笈圖譜我一字未看，大家請各自領回，在此我鄭重致歉。」

王青錢小豪等人一擁而上，各領各的寶貝，臉上都是喜不自勝，卻是誰也顧不上指責綿月了。

劉老六道：「唐德已經投了否決票，這場鬧劇也該收場了吧？」

圓通喝道：「他投票延時，早就按棄權處理了。」

劉老六嘿然道：「我這麼說是給你師叔面子，他做了這麼多見不得光的事，他主持的投票都做不得數，你跟我老人家掰扯這個不是自取其辱嗎？」

圓通無話可說，只得看著綿月。

綿月道：「我還有最後幾句話說。」他不等別人搭話，朗聲道：「我組民協，往大了說是為民服務，其實也是有私心的，那就是我想為在座的所有人謀個前途。所謂三百六十行，行行出狀元，各位都是武林裡的翹楚，可是武林沒落至今，大家大多窮困潦倒，說句時髦話，我們都是業內頂尖人士，不該如此啊——那些擺攤賣小吃的，一旦做到行內尖端，照樣是名利雙收，少林寺山腳下一個賣臭豆腐的都月入超過十萬了，我們這些武林高手呢？」

王小軍驚訝道：「啊？這門手藝好學嗎？」

眾人聽到這裡也都是默然，有人忍不住問道：「大師準備怎麼讓我們名利雙收？」

綿月道：「社會上本來有很多適合我們的職業，只要牽扯到安全和暴力，就沒有我們做不來的事。」

程元邦道：「大師是要慫恿上所有武林同道搶我的生意嗎？」

綿月微微一笑道：「給人當保鏢、護送貴重物品只是其中的一小部分，別說一成，我看連百分之一都不到。」

程元邦道：「具體呢？」

綿月道：「我們的民協可以面向全社會公開，哪裡需要我們出面，我們就出現在哪裡，一般的暴力事件各位應付起來自然綽綽有餘，擅長輕功的，可以去挽救那些一時想不開的輕生者，擅長暗器的，我想你們解救起被綁架的人質來也比一般的警察要乾淨俐落吧？這些都是我的初步想法，武功的妙用肯定不止於此。」

程元邦道：「這……合法嗎？」

綿月反問他道：「民間的反扒聯盟合法嗎？那些自己組織起來的搜救隊又合法嗎？只要我們做的是好事，那就不用太束手束腳了。」

程元邦道：「可是……我們做這些有什麼錢可賺呢？」

綿月道：「做事情眼光要放長遠，現在是粉絲經濟的時代，賺的是知名度，那些奧運冠軍也是四年露一次面，還不是照樣豪宅名車？我們付出的心血比他們少嗎？所以只要我們這個群體的知名度有了，名利這些東西都是手到擒來的。」

王小軍張大了嘴：「和尚還懂粉絲經濟！」

綿月擲地有聲道：「默默無聞不該是我們的本分，深藏功與名也早已不符合時代的要求，有付出就該得到回報，我們這群人不能再孤芳自賞、自怨自艾，是該邁出去讓世界認識我們的時候了。」

下面眾人神色各異，但顯然有相當一部分人動了心。

武協作為一個愛好者協會，其實跟別的協會還是有區別的。比如高爾夫球協會、撞球協會這些組織，他們的會員大多是各行各業的愛好者，本職工作並不是這個，也未必有多高的水準，就是湊個熱鬧而已；而有資格進入武協的，都是武林裡的佼佼者，很多除了武功之外不會別的手藝，屬於社會底層，像金刀王這種土豪畢竟是少數，你讓所有人都強迫性地遵守刻板的教條，他們自然會心理失衡。

王小軍嘖嘖道：「讓你的付出對得起你的回報——這招狠啊，我聽了都動心。」他不得不承認，綿月的口才比沙麗好多了。

綿月忽對王小軍道：「小軍，我是真心想接納你，你和余巴川的恩怨說到底是他們上一輩人的事，而且你不覺得幼稚嗎？你還年輕，要為以後的路著想。」

余巴川竟不說話，只是面無表情地看著王小軍，王小軍這時才明白余巴川也是在替綿月做事的。

綿月溫和道：「來我們的協會吧，用不了幾年，整個武林都是你們這一代人的，所有該背的鍋我都替你背了，以後你們可以不用再過苦行僧的生活……」

王小軍冷不丁道：「不行啊大師，我還是武協的常委呢。」

綿月愕然道：「你怎麼也這麼冥頑不化？」

王小軍道：「你不該找余巴川來幫你的，無論他想幹什麼，我都會反對到底；其次，我仍然覺得大師這種兩面三刀的做法不合我的脾氣！」

劉老六懶懶道：「大師，你不用勸他了，他們王家人都是死腦筋，況且，武協還沒解散呢——按照剛才的投票，這事已經結束了。」

綿月盯著他道：「區區一個投票能代表得了天下武林人的心嗎？如果現在再來一次表決，你認為你們有幾成勝算？」

綿月說完這句話，會場上忽然陷入了一片沉寂之中。新的投票還沒開始，眾人已經有意無意地分成了兩派。

·第八章·

田忌賽馬

王小軍道：「咱用田忌賽馬的戰術……」

陳覓覓無語道：「可是咱們的上等馬也未必比得上人家的下等馬啊。」

王小軍聳聳肩道：「那就只能死馬當活馬醫了，雖然只有三成機會，但對咱們來說，這已經是最好的局面了。」

沙麗忽然站起朝江輕霞深鞠一躬道：「江姐姐，我在這裡給你賠罪了，我用言語相激，確實是為了把你逼出武協，但同時也是為了讓你進我們的民協；你在武協裡是常委，到了我們民協一樣可以當常委——」說到這她笑道，「就是不知道民協裡還設不設這個位置，但是大家平起平坐不是也很好嗎？」

江輕霞冷冷道：「我是你的手下敗將，我這樣的就不去貴協會添累贅了。」

江輕霞忽然莫名生出一股悲涼，綿月他們威脅別的門派，都是盜取對方的寶物加以脅迫，而峨眉派的致命弱點就是誰都能欺負。所以乾脆派沙麗直接動手，然後打一巴掌給個甜棗，這會故作大度地來道歉，江輕霞心高氣傲，自然不會就範。

陳覓覓盯著綿月道：「那我師兄呢，就算他不肯拋棄武協，成了你的絆腳石，你也不該這樣陷害他！」

綿月道：「我只找人偷了真武劍，至於私生子的事卻不是我主使的，那是你們武當派自己的人搞出來的，也就屬於你們門派的內務，這個鍋我可不背。」

他說完再不理陳覓覓，轉向華濤道，「華掌門，我聽說華山派目前最大的問題就是經濟拮据，你只要加入我的民協，這些也就迎刃而解，你還有什麼顧慮嗎？」

華濤猶豫道：「我的徒弟們給人當保安，雖然也是靠武功賺錢，不過都是勞動所得，至於大師說的那些方法，我總覺得有些過於炫酷了，我師父在世時經常對我耳提面命，要我遵守本分……」

綿月反駁道：「咱們怎麼就不本分了？比如街上有人正在行凶，你叫徒弟們去制止，難道不是濟人危難的舉動嗎？」

華濤道：「照大師的思路，如果並不是有人行凶，而是兩個人生了口角，其中一個花錢找到我們呢？再如果兩個人都很有錢，都肯出高價雇我們替他們賣命呢？我們到底幫哪一頭？長此以往，咱們武林人就會淪為有錢人的打手，這一點大師想到了嗎？」

王小軍小聲感慨道：「薑是老的辣，我總覺得哪裡不對，還是華濤想得周到。」

余巴川冷冷道：「痛快點，答應就答應，不答應咱們就手下見真章，別忘了，你們還欠我一個武協主席呢。」

陳覓覓對王小軍小聲道：「綿月派余巴川來攪鬧武協，萬一余巴川真的成了武協主席，武協以後自然都是綿月把持，慢慢改弦更張也就成了他想要的民協，不過相比起過渡，綿月更希望武協解散，直截了當、乾脆俐落，而且他就此成了民協的創始人，比在武協裡當個沒名沒分的前輩好多了。」

王小軍神翻譯道：「小股東變成了董事長，所以他盼著原來的公司破產。」

劉老六道：「綿月，你要組新協會就組，哪怕你背地裡拉人挖牆腳也算，可你處處跟六爺和大家耍小心眼就不夠光明磊落了吧——你把會址選在河南就不說了，你知道王小軍為了他爺爺的事要提前見到幾個常委，以往兩天的武協考核你硬是給改成了三天，然後再假裝給他走後門讓他入會，其實是為了給余巴川鋪路。崆峒派的丫頭剛來的時候，你裝不認識她，其實她也是你派來攪局的，以前不管真假，會場上總還是一團和氣，如今按你的意思，非讓大家打得昏天黑地六親不認才好控制，可惜你算錯了一點，那就是余巴川急著登場亮相來早了，不過一切還是在你的計算之內，他幫你吸引一部分火力，好讓對武協還有念想的人死心，你再威逼利誘，目的是讓武協分崩離析，接著用民協的名義把他們聚在一起，至此你功德圓滿成為事實上的武林盟主，綿月啊綿月，你下的好大一盤棋啊。」

王小軍聽得咋舌不已道：「六爺概括能力太強了！」

張庭雷一笑道：「綿月再厲害，不也沒騙過你老六的法眼嗎？這些你都是怎麼推算出來的？」

劉老六道：「簡單，因為我要是綿月，我也會這麼幹。」

眾人：「……」

綿月一笑道：「六兄，你為什麼非要跟我作對？而且我很好奇，最開始你是怎麼想到要查我的？」

劉老六道：「你不該利用你師兄，有天我來蹭妙雲禪師的茶喝，閒聊中，他提到武協大會前你說怕他勞累，想替他主持會議，清風霽月的綿月大師怎麼會操心這些俗事？我找了個朋友一查，那段時間你出差出得挺勤呀，而且你去哪裡哪裡就出事，傻瓜都知道你有目的了。」

「呵呵，是我急功近利了。」綿月道，「做大事者不拘小節，我是為了所有的武林同仁好。」

劉老六道：「山上的事，你師兄還不知道，你想想該怎麼見他吧！」

王小軍急道：「別呀，你把妙雲禪師的電話號碼告訴我，我跟他說！」

眼見事情鬧得不可開交，這時候必須有一個強有力的人物來收場，這世上除了淨禪子，也就只有妙雲禪師有這個能力了。

劉老六攤手道：「要不是老和尚不用手機，我會等到現在?!」

果然，綿月神色一變道：「多說無益，我現在已經開誠佈公，是留在武協還是選民協，大家做個決定吧！」

劉老六道：「武協還沒散呢！」

綿月道：「那就重新投票。」

王小軍和陳覓覓對視一眼，均是搖頭，現在情況不比剛才，剛才只要否決票多一票，武協就會安然無恙，這時再投票的話，無疑是幫綿月把想跳槽的人都指明了。

綿月見無人說話，淡笑道：「看來各位也對自己沒什麼信心，要不這樣吧——我們民協在場的只有三個人，你們武協也派出三個人，咱們三局兩勝，如果我們贏了，武協就此解散，大家從此來去自由；如果你們贏了，那我們這就下山。」

下面眾人你看看我我看看你，都覺得這個條件明擺著結果：對方三個人中，沙麗已然是一流高手，余巴川更是有和所有人叫號的實力；至於綿月，只有兩個字可以形容他：那就是無解！而且就算淨禪子或者妙雲禪師在這，也只能說有可一博，並無十足把握。

不料王小軍道：「可以，我只有一個要求，那就是每人只能出一次場，不然你一挑三，我們也就不用打了。」

綿月一笑道：「你倒是坦蕩，好，我答應了。」

陳覓覓疑惑地看著王小軍，王小軍小聲道：「咱用田忌賽馬的戰術……」

陳覓覓無語道：「可是咱們的上等馬也未必比得上人家的下等馬啊。」

王小軍聳聳肩道：「那就只能死馬當活馬醫了。綿月那一局咱們認輸，我去對付余巴川，雖然只有三成機會，但對咱們來說，這已經是最好的局面了。」

陳覓覓道：「你想讓我去對付沙麗？」

王小軍道：「你有把握嗎？」

陳覓覓搖頭道：「並沒有，現在想來沙麗就是出現在唐家堡裡的風衣人，當初咱們兩個人也沒能拿下她。」

這時韓敏走過來道：「讓我去會會她！」

王小軍問：「敏姐勝算有多大？」

韓敏同樣搖頭道：「一半也沒有。」

王小軍道：「可是咱們第一局一定要贏，所以我要找一個萬無一失的人手。」

陳覓覓和韓敏一起好奇道：「那是誰？」

王小軍忽然面向唐傲道：「傲兄，你願意代表武協出一回場嗎？」

陳覓覓和韓敏異口同聲道：「沒錯，這個人選好！」唐傲的散花天女陳覓覓也親眼見過，王小軍要不是偶然學過游龍勁再加上三分運氣，碰到他也是束手無策，如果由唐傲出戰，確實提高了至少兩成勝算！

唐傲寵辱不驚道：「多謝垂青，那我就不謙讓了。」

唐思思興奮道：「二哥加油！讓他們見識見識你的散花天女！」

王小軍對綿月道：「大師，我們第一場的人選已定，你們打算讓誰來啊？」

綿月微微踟躕，王小軍的心思他自然清楚，第一局對武協一方來說至關重要，一旦輸了，那就表示全無希望，唐傲這種偏門選手反而有種無差別性，除了自己親自下場，讓余巴川或者沙麗出場可說都有很大的變數，萬一余巴川輸了，那自己一方就會陷入被動，但自己第一局就出場的話也難以服眾……

就在這時，沙麗自告奮勇道：「大師，我去！我有把握對付唐傲！」

綿月猶疑道：「你……說的是真的嗎？」

沙麗很有信心道：「請放心。」說著一掠上了主席臺。

唐傲也跟著上臺道：「你想就在這裡比？」

下面眾人一聽這還了得，本來都擠在門口，這會巴不得趕緊躲得遠遠的，也有不少聰明人把禮堂裡的桌椅板凳都堆在面前形成一個「堡壘」，自己好躲在後面，眾人皆知散花天女大名，子彈可是不長眼的！

沙麗微微一笑道：「大家不用害怕，我保證他的暗器不會亂飛。」

唐傲不悅道：「沙姑娘，你這話就說得有點大了吧？」

沙麗針鋒相對道：「不信可以試試！」

王小軍站在禮堂正中大聲道：「傲兄，別跟她廢話了！」這時華濤、江輕霞他們也到了臺下，王小軍擋在中間就是為了多一道防護，萬一唐傲的暗器飛過來，他好用游龍勁接著點。

唐傲站在臺上一頭，對沙麗道：「你說開始就開始。」

沙麗腳尖點地向他飛躍而來，喝道：「那就開始！」

兩人相距恰好是十步左右，沙麗向前一躍驟然把距離減到了六七米，這也正是唐傲散花天女黃金距離的底限！唐傲指尖一動，一枚精緻的金屬小球已經被他握在掌心，他胳膊一揚，那顆小球頓時爆發出令人神馳目眩的光芒！

眾人被這道絢麗的神彩所震撼，一起低呼了出來！然而沙麗竟然並不後退更不躲閃，而是繼續向前飛掠，與此同時，她也抬手打出一顆金屬球，這顆金屬球比唐傲的散花天女大了一號，直直飛向唐傲身旁，眾人無不搖頭。在暗器大家面前班門弄斧也就罷了，沙麗的準頭實在令人無語……

但就在這一瞬，唐傲將爆未爆的散花天女忽然如同被狂風吹落的花瓣，一起陡然轉向，全都黏在了沙麗發出的金屬球上，一陣細密的劈啪聲，金屬球帶著一團亂糟糟的影針和半顆還未散開的散花天女飛離主席臺，就像一場暴雨還未落地就被蒸發得無影無蹤！

原來沙麗射出的，是一顆強力磁鐵。

陳覓覓失色道：「又是這招！」

王小軍則苦笑道：「唐門沒落，最該恨的是發明磁鐵的人！」

當初沙麗帶人夜襲唐門的時候，就是用一張磁鐵網克制住了唐門暗器，想不到今天故技重施，而且居然又起了作用。沙麗這時的目的很明顯，她要欺近唐傲，利用近戰的功夫打敗他。

唐傲微微一愣之後，又是兩顆散花天女射出，沙麗隨手也丟出兩顆磁鐵球把唐傲的暗器引開，兩人瞬間已經貼面而立，唐傲面露莫名的苦笑之意，劈手朝沙麗斬去，王小軍嘆道：「傲兄，第一局咱們輸了，你下來吧。」

唐傲竟不聽勸，展開手腳和沙麗對了幾招，最終被沙麗一掌按在前胸，踉踉蹌蹌地掉下臺來，王小軍、唐德、唐聽風唐聽雨一起撲上，總算把他穩穩接住。

沙麗贏了，走下臺去，余巴川換上她，冷冷道：「第二場我上，你們挑人吧！」

王小軍目光灼灼地盯著臺上，王石璞忽然使勁按住他的肩膀道：「小軍，成事在天，咱們認輸吧，就算你爺爺在場，也知道你已經盡力了。」

「我爺爺……」王小軍說了三個字，澀聲道，「本想先贏上一局，輸得不要那麼難看，沒想到天不佑良人。」

眾人聽他這麼說，才知道他壓根也沒想著能贏，不過這兩句話說得不倫不類，竟是誰也悲愴不起來。

王小軍緊接著道：「算了，我也不是什麼良人，不佑就不佑吧，我去跟這老小子把命一拼！這老小子先傷了老胡，又傷了冬卿姐，現在又輪到我大師兄和唐傲，我要給他們一個交代！」

江輕霞道：「他們誰也不用你給他們交代，君子報仇十年不晚，連我都知道這個道理，你還較什麼真？」

王小軍一字一句道：「我過不了我自己這一關！」

胡泰來上前勸道：「你為了我能磕頭拜師，為了苦孩兒不惜得罪全武當，為了門口的理髮館老闆，和全城的混混打了半夜，我知道你講義氣，可你不能總為別人活著吧？」

余巴川譏笑道：「喲，煽上情啦，煽情要是管用的話，瓊瑤早就當上武林盟主了！」

就在不可開交的這一刻，大禮堂的頂棚忽然轟然坍塌，一個人就像超人一樣，舉著一隻手掌從頂上的破口直落而下，眼見離地三尺，輕飄飄地一擰身站在當地。

這人身材瘦小，頭髮、鬍鬚都亂蓬蓬地纏在一起，是一個上了歲數的老人，他的一雙眸子並不如何精光閃爍，但隨意一個眼神都讓人覺得不由自主地心生畏懼。

這老人站在那裡，頭頂上的磚頭水泥還在不停撲簌簌掉落，顯得他就像如天神，不，天魔下凡一樣威風凜凜殺氣騰騰，就連那些打了結的頭髮鬍鬚都分外耀武揚威！

當塵土落盡，有人看到這老人的面目時，不禁都驚呼起來：「王東來！」

王小軍雙眼發澀，喃喃地叫了一聲：「爺爺！」原來這老人正是鐵掌幫幫主王東來，當世之上除了他，也再沒有人能有這樣的霸氣！

相對眾人的大呼小叫，王東來卻自始至終淡然得很，他從房頂撞擊而下，似乎就像和平常人走自家的大門一樣，他既不急著和孫子團聚，也不理會其他人的瞠目結舌，當他的目光掃上主席臺後臉色一沉，喝道：「余巴川！」

眾人只覺眼前一花，王東來已經站到臺上和余巴川面面相對，余巴川大驚失色道：「你……」

他話音未落，王東來已經動手，他就像大人嚇唬小孩一樣，高高的舉起手掌，然後誇張地扇了過去。

余巴川自打王東來出現以後就全神戒備，這時更是施展十二分本事，他一掌前一掌後，腳步斜踩，腰力凝而不發，這一招可謂攻守兼備匠心獨具，幾乎是凝結了余巴川幾十年的功力！

然而——

「啪！」王東來的巴掌還是結結實實抽在了余巴川臉上，他並未使用內力，只是把余巴川抽得在臺上原地轉了一個圈。

余巴川捂著臉，惶恐道：「你……」他殫精竭智的防守在王東來看來。簡直就像塑膠糖紙一樣花哨無用。

「滾。」王東來只吐了一個字。

不可一世的余巴川竟不敢多說一字，飛快地跳下臺去了。

王東來這才回頭看看臺下，淡淡道：「這裡什麼情況，我孫子要和人打架，你們為什麼攔著？」

王東來這一出現，頓時引起一陣譁然，瞬間傳遍了禮堂內外，人們神情振奮，有不少老一輩不由自主地叫道：「王主席！」

獅王雖然平時好吃懶做、蠻橫霸道，可當獅群受到威脅時，牠是牠們唯一的仰仗！

王東來往門口掃了一眼道：「擠在那裡做什麼，都給我滾進來！」

這回無論是委員還是江湖散人，大家一擁而入，王小軍飛撲上臺，激動道：「爺爺！」

王東來看著孫子的眼神終於有了難得的溫暖和藏不住的笑意：「臭小子倒是長壯實了不少。」接著又道，「我在外面聽了個大概，這裡好像有人打架，到底是怎麼回事？」

王小軍道：「還不是因為你失蹤了太久，這位綿月大師在武協待煩了，所以重組了一個協會，現在兩個協會正在火拼！」

王東來俯視著綿月罵道：「你這個吃裡扒外的東西！」

眾人無不悚然，其實就輩分來說，綿月並不低於王東來，這位少林高僧從來都是養尊處優受人景仰，這會被王東來罵得像街邊野狗一樣，不過也有不少人覺得暗爽，當世之上，也只有王東來敢這麼罵綿月了。

綿月自從見了王東來之後，臉上神色變幻不已，這時穩了穩情緒，慢慢走上臺，微笑道：「王幫主，久違了，故人相見，何必惡語相向呢？」

王東來道：「少廢話，看在你師兄的面子上，我給你個機會讓你自己滾回少林面壁。」

綿月乾笑一聲道：「我在這邊還有事未完，所以不能如你所願——令孫王小軍和我們有約在先，以三局兩勝為限，來決定武協是否就此解散。」

劉老六道：「綿月，王東來至今還是武協的主席，他現在回來了你還不死心嗎？」

綿月朗聲道：「就算他主席之位還在，可是作為有投票權的常委位子已經移交給王小軍，況且，就算票數壓過我，也不能代表所有人的想法！」

王東來背著手問王小軍：「剛才那局輸了贏了？」

唐傲紅著臉道：「王老前輩，第一局讓我給輸了。」

王東來不滿地瞟了他一眼，隨即道：「行了，剩下的兩局我和你們打，是你先來，還是讓姓余的先來？」

余巴川噤若寒蟬，顯然他是死也不肯再去面對王東來的巴掌了。

綿月不動聲色道：「我們有言在先，每人只能出場一次。」

王東來不耐煩道：「這麼弱智的主意是誰出的？」

眾人都忍著笑看著王小軍，王小軍只好無語地指了指自己道：「我出的……」

王東來瞬間領悟了王小軍的用意，點點頭道：「嗯，也算你小子動了腦筋了。」

眾人絕倒，這老頭也太護犢了吧！

唐思思道：「老爺子，您管他什麼約定，只要出手把和尚和余巴川打跑就是了。」

王東來見有個漂亮姑娘橫出來插話，不禁問王小軍：「這是……」

王小軍趕緊道：「這是我的好朋友。」說著，他把陳覓覓推到王東來面前道：「這才是您孫媳婦。」

陳覓覓被臊了個紅臉，可又不方便多說什麼，只好硬著頭皮道：「王老爺子好！」

王小軍笑嘻嘻道：「這還得多謝您老人家高瞻遠矚，早早為我預定了一門親事，這位姑娘就是龍游道人的小徒弟，陳覓覓。」

王東來意外道：「哈？這麼巧，你們還真成了？」

王東來端詳了陳覓覓幾眼，點頭道：「不錯，不錯，配得上我家小軍。」又轉向唐思思道：「我不能讓我孫子說話成了放屁，說好什麼，咱們就按規矩來。」

綿月道：「王幫主要有雅興，就由在下奉陪，咱們把第二局打完！」

眾人聽到這無不興奮，綿月挑戰王東來，江湖上兩個頂尖高手的對決，這樣的機會恐怕以後再也不會有了！當下有人道：「王幫主武功再高，畢竟上了歲數，綿月是抓住這一點才敢出頭的。」

虎鶴蛇形門的後輩弟子們都下意識地圍在張庭雷身邊，七嘴八舌道：「前輩，您覺得這一戰誰能贏？」

張庭雷不說話，只是無聲地指了指頂棚。

這時人們一起抬頭觀望，只見那個洞足夠同時容納兩三個人一起經過，又圓又大，且截面整齊，那些枝枝杈杈的鋼筋水泥一起彎曲向下地耷拉著。可以說，這位武協主席的掌力似乎已經超越了人力所能達到的極限，人們抬頭望去，有一種坐井觀天的即視感，只這一掌，王東來已經讓天下群雄寒意陡生。

眾人看過這個洞之後，也就明白了張庭雷的意思——綿月是不可能戰勝王東來的，只要王東來還在，那他就是天下無敵的代名詞！

王東來看看綿月道：「咱們打完之後，第三場就成了我孫子和姓余的決勝局？」

綿月道：「正是。」

王東來點點頭道：「好一個如意算盤——」他轉頭問王小軍，「你打得過余巴川嗎？」

王小軍沮喪地搖頭道：「打不過……」

王東來道：「你只學了一些鐵掌的皮毛，當然打不過，這樣吧，我教你幾招以後你再去和他打。」

綿月愕然道：「王幫主，這時候再臨陣磨槍恐怕來不及了吧？難道你想拖到下次武協大會再比不成？」

王東來道：「打個姓余的用得著一年嗎？一晚上足夠！」

余巴川瞪起眼睛，可終究不敢跟王東來嗆聲，又活活地憋了回去。

綿月一笑道：「不管一天還是一年，哪有比武比這麼長時間的，還是速戰速決為好，王幫主嘴上說要按規矩來，不會是已經想反悔了吧？」

王東來冷笑道：「比武又不是投胎，連一天都等不了嗎？你要是執意今天完事，那剩下兩場就都和我打，你自己選吧。」

張庭雷和金刀王等老委員面面相覷，都是會心一笑，這才是王東來的風格，原汁原味。

綿月向余巴川看去，似乎在徵求他的意見，余巴川目光閃爍，最終還是點了點頭，意思是一天時間他還足以應付。

綿月道：「好吧，那明天一早，咱們還是這裡見。」

王東來淡淡道：「你們可不要想著跑！」

綿月不再多說，帶著沙麗和余巴川走了。

這邊眾人轟然圍在主席臺前一起仰視著王東來，有的拱手有的招呼，更有一些年輕的晚輩跪下給王東來行磕頭禮。

王東來一概不理，揮揮手道：「先教我孫子功夫，有什麼事明天再說。」接著拉著王小軍跳下主席臺，大步就往外走。

進了鐵掌幫別墅的大門，王東來沉聲道：「除了石璞和小軍，其他人都出去。」一行人只好悻悻地迴避。

王東來想了想道：「石璞也出去！」

王石璞對王東來言聽計從，一語未發地往外就走，王東來又道：「在門口守著，別放任何人進來。」

「是。」王石璞也出去了。

偌大的屋子裡只剩了王小軍和王東來祖孫倆，王小軍好奇道：「爺爺，你這是什麼意思，大師兄他又不是外人……」

王東來擺手示意他住嘴，忽然大步走進了洗手間。

王小軍失笑道：「我知道人老憋不住尿，那你也不用把所有人都趕出去吧？」

王東來卻並不是上廁所，他隔著洗手間的磨砂玻璃，忽然加快語速道：「小軍，有些話我只能說一遍，因為我不知道我什麼時候就會失控！」

王小軍吃驚道：「你怎麼了爺爺？」

王東來道：「我走火入魔程度已深，到了無法控制自己的地步，發起瘋來會神智失常六親不認，一會兒你要見我打破玻璃就馬上逃走，有多快跑多快，聽見了嗎？」

王小軍呆若木雞道：「你剛才不是挺好的嗎？」

王東來道：「我的內力在全身亂竄，一旦上腦就會發瘋，為了見你，我已經強力壓服了它們太久，我……我感覺已經到了極限……我也不知道下次發作起來會鬧出多大的亂子……」

王小軍只覺天塌地陷道：「爺爺，你這是何苦啊？」

「你是我孫子，難道讓我眼睜睜地看著你被余巴川打死？」

王小軍叫道：「那你剛才就該不管三七二十一把綿月和余巴川打跑了再說啊！」

王東來喘息道：「打余巴川是小事……綿月是打不了的……我現在的狀態……一動內力就會加速崩潰！」

王小軍急道：「我現在能做什麼？」

「你……現在什麼也做不了，但願被我這麼一嚇……綿月他們已經跑了……」

「那如果他們偏不跑呢？」

王東來卻不再說話，他的手掌抵在玻璃牆上，只能聽到陣陣的玻璃震顫聲，俄而，王東來拼盡最後的力氣喝道：「小軍快跑！」

王小軍聽到王東來喊了一聲，顧不上多想撒腿就跑，身後的玻璃嘎巴一聲碎裂開來，王小軍無意中一回頭，就見王東來兩眼裡散發出兇狠的光芒，張著一隻手朝他撲來。

眼見門框上尖利的玻璃碎片就要刺傷爺爺，王小軍只得回身一掌將整個門框都拍倒，王東來神智已失，見有人往前遞招，巴掌一圈已攥住了王小軍的胳膊。

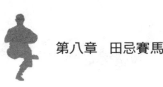

王小軍掙扎了兩下紋絲不動，大喊道：「爺爺，我可是你親孫子！」

王東來完全不為所動，另一隻手掌呼地一聲拍向王小軍的腦袋，王小軍拼盡全力一低頭，頭頂上狂風席捲，明白這一掌要是被拍上，恐怕連一根頭髮絲都剩不下了，不禁叫苦不已。

王石璞聽到屋裡動靜不對，急忙衝了進來，一看之下頓時大吃一驚，他向前一躍，左掌在王東來面前一引，右手就去拉王小軍，王東來手掌自下而上翻起拍出，這是鐵掌三十式中最常見的通天掌。

王石璞雖然身上有傷，好在在鐵掌上也下過二十多年的苦功，他算好這一掌要攻擊的方位，搶先把身體挪開了半步，但是——王東來這一掌的方位他雖然算準了，卻沒預料到它的速度比想像中要快了將近一倍。

「嗖」的一聲，王東來掌緣掃上了王石璞肩胛部位，後者的一條胳膊就像棉花一樣垂了下來，王石璞驚駭不已，但借著這一掌之力，總算把王小軍拉了出來！

王東來一雙眼珠凝立在眼眶中不動，就像石人一般，可手上絲毫不慢，掌尖一顫分襲兩人，王石璞和王小軍對視一眼，均是震驚之色——他們怎麼也想不到王東來在神智不清的情況下仍有這樣的身手！

第九章

空城計

韓敏笑道：「要不是你心心念念攛掇沙麗跟王老前輩比武，她也不會這麼快就逃走。」

唐思思嚇出一層冷汗。

王小軍吐嘈道：「你演技太差，非露餡不可。」

陳覓覓道：「好在這齣空城計是唱成了。」

王石璞用沒受傷的胳膊奮力攀住王東來的手掌，對王小軍喝道：

「你……你快跑！」

王小軍自然不肯，這時，一個萬分艱難的念頭在他腦中閃過：現在只有傷了爺爺才能保住大師兄的命！他雙掌齊發，拍向王東來小腹，王東來左掌掌力一吐把王石璞彈了出去，右掌後發先至，在王小軍鎖骨上按了一下，王小軍橫飛而出，砸塌茶几掉在地上！

王石璞和王小軍都算得上是一流高手，兩人拼盡全力的一搏，別說傷敵，就連防禦都做得一塌糊塗，被王東來兩招傷了兩個！

胡泰來他們此刻正等在門外，大門洞開之下，裡面的情景一覽無餘，胡泰來他們三個馬上就明白了這裡面的隱情。

胡泰來飛跑進屋道：「王老前輩，手下留情！」

王小軍則喝道：「你們快跑！」

王東來兩眼直睜，聽到有人進了大門，身形一閃已欺到胡泰來近前，胡泰來全神貫注地注視著王東來的腳步，自己也跟著貼了上去，隨即猛地一撤身，這是他發明的錯步拳，用這門功夫，他打敗過武功高出自己不少的崆峒派孫立。

果然，王東來一掌拍空，但還不等胡泰來出拳，王東來胳膊暴漲出兩三公分，「砰」的一聲，胡泰來被打得直飛而出，接著像根巨大的人釘似的楔進了沙發裡……原來王東來的掌力還有第二重境！

此情此景下，陳覓覓仍然保持著鎮定，她上前接住了王東來，雙手屏擋撥打，正是武當絕學太極拳。這門功夫講究以柔克剛借力用力，但陳覓覓此刻感覺卻很不好！

當一輛疾馳的火車呼嘯而來時，無論你是怎樣的太極高手也無法將它化解，兩招一過，陳覓覓只覺喉頭發甜，整個身子像被用大錘釘在了地上，換言之，她現在想跑都跑不了了！

王小軍急喝道：「老傢伙，那可是你孫媳婦！」他掙扎而起，飛撲向王東來身後。

王東來被他這一喊之後似乎稍微遲緩了一下，神色恢復了些許空明，艱難道：「你們……都別動！」

王小軍一愣，大聲道：「聽我爺爺的！」

陳覓覓自知再打也是枉然，索性雙手垂下，王東來隨手在她肩頭一點，陳覓覓頓時全身麻痹，連指尖都動不了一下了。陳覓覓知道這是被點了穴道的關係。

陳覓覓這一被點中，如同木樁一樣不再亂動，王東來反而不再糾纏她，這時王小軍從後面襲到，王東來頭也不回，又是隨手一指點在他膝蓋上，王小軍噗通一聲栽倒在地，下身失去知覺。

陳覓覓這會大體明白了王東來話裡的意思，冷靜道：「大家不要反抗，王老爺子只打會動的人！」

這時能自由行動的除了剛邁進一隻腳的唐思思，剩下的就是峨眉三姐妹了。

江輕霞聽陳覓覓那麼說，心裡卻是老大不樂意，她畢竟是峨眉派掌門，比武輸給沙麗就憋了一肚子火，這會要她放棄抵抗她怎麼甘心，眼見王東來迎面撲上，便以纏絲手迎上，韓敏無奈，也只得從側翼吸引王東來的注意，揮掌攻向老頭的腰間。

王東來卻對韓敏置之不理，先順手一連串在江輕霞胳膊、肩頭點了幾下，接著就勢把韓敏的手按在腰上，接著在她肩窩裡點了一指頭，韓敏痛哼一聲，竟然仍回手擋了一下，原來她脂肪太厚，王東來這一指沒有能點到位。

王東來一招沒奏效，似乎頗為惱怒，手掌在韓敏脖頸子上一切，直接把她打昏了過去。

這滿屋的高手竟沒有老頭一合之將，郭雀兒大駭，身子一縱向二樓樓梯上飛去，王東來一晃到了她腳邊，胡亂一掌拍出，郭雀兒竟被掌風捲落，隨即也被點倒在地，僵僵地掉到地上，如同雕塑一般。

這時還有行動力的，只剩下一個唐思思……

胡泰來被卡在沙發裡一動也不能動，他嘶聲道：「思思，你站在那裡千萬別動！」

唐思思瞪大了驚恐的眼睛，雙手垂放在小腹前，連呼吸都不敢大聲，高度緊張之下，一顆汗珠順著她的鼻翼流下來，她硬是用嘴角把它擋住，生怕它落在地上被王東來發現。

王小軍靜靜地靠在沙發扶手上，注視著王東來的一舉一動。

也不知過了多久，王東來掌風漸弱，終於委頓地坐在地上，王小軍小心翼翼道：「爺爺？」

王東來垂首不語，又過了好一會兒才虛弱道：「我……我好了。」眾人終於露出劫後逢生的表情，這幾分鐘實在不比幾個世紀短！

王小軍道：「那快幫我們解開穴道啊。」

王東來喘息道：「等我攢攢力氣。」他觀察了一下屋子裡的情形，戲謔道：「你這些朋友武功都很高吧？」

王小軍詫異道：「你怎麼知道？」

王東來道：「他們居然一個也沒死，可見都是一流身手。」

陳覓覓苦笑道：「這還是因為您心裡惦記著孫子，就算發狂中也保持著克制的緣故吧？」

眾人都是暗暗點頭，剛才那情形確實不是用驚險二字就能形容的，王東來只要打每個人的時候加一分力，這會兒早已是屍橫遍野！

唐思思快步跑到王東來身前把他扶起，王東來驚訝道：「這小丫頭武功最高，竟然毫髮無傷！」大家都無奈地笑了起來。

這時忽然傳來敲門聲，眾人神情一緊，面面相覷，真是怕什麼來什麼，這個節骨眼上誰會來呢？大家都把目光聚集在唐思思身上。

唐思思緊張道：「是誰？」

門口來人冷淡道：「是我，沙麗。」

胡泰來低聲道：「思思，冷靜，把她打發走，你就是救了大家！」

唐思思把王東來扶到一張椅子上坐好，六神無主地想要收拾一下屋子，卻發現完全不知道該從哪下手，她盯著大門道：「你有什麼事？」

沙麗道：「我想拜見王老前輩，還有幾句話想跟王小軍說。」

唐思思回道：「這麼晚了，有什麼話明天再說吧。」

王小軍無語地看著她。

果然，沙麗道：「這麼晚你不是也在別人家裡嗎？我不會耽誤太久的。」

唐思思又道：「我怕陳覓覓會吃醋。」

眾人恨不得都把腦袋杵在地上，陳覓覓則無奈地看著房頂。

沙麗道：「武當小聖女不會這麼小心眼吧。」

沙麗忽然奇道：「我只是想拜見王老前輩而已，你為什麼推三阻四的？」不耐煩地又在門上敲了幾下道，「請開門。」

王小軍道：「再不開門她就要懷疑了。」

唐思思擦了擦臉上的汗水道：「我該怎麼做？」

「你想怎麼辦就怎麼辦吧。」王小軍也無奈了。

「那我要不要去開門？」

「開！」

唐思思理了理頭髮，艱難地邁向大門。

韓敏忽道：「思思，把你的手拿出來。」原來唐思思緊張之下，下意識地把手伸進了裝著鋼珠的小包裡。

唐思思把門拉開一條縫，戒懼地看著沙麗道：「你到底有什麼事？」

沙麗淡淡道：「作為晚輩，我來拜見一下王老前輩不過分吧？」

「可他老人家未必想見你。」

沙麗一笑道：「不至於吧，王前輩叱吒江湖，連這點胸懷都沒有嗎？是他不想見我，還是你不想讓我見他？唐門大小姐什麼時候成了鐵掌幫的管家啦？」

唐思思又道：「王老前輩正在教王小軍功夫，不方便見你。」說著就要關門。

沙麗上前一步按在門上，唐思思吃了一驚道：「你幹什麼？」

「我……」沙麗無意中往屋裡掃了一眼，頓時疑惑道，「這裡面是怎麼回事？」

裡面凌亂如廢墟一般，人們站的站，躺的躺，雖然沒能盡收眼底，但那奇異景象是無論如何也藏不住的。

唐思思發急道：「沒怎麼，你快走吧！」

沙麗愈發迷惑道：「不對！」她在門上輕輕一推，唐思思便被撞得退了半步，唐思思把手伸進小包裡道：「你再往前我對你不客氣了！」

「咦？」這一下沙麗更不想走了。

就在這時，唐思思就聽王東來咳嗽了一聲，她回頭望去，見老頭衝她點了點頭，再看王小軍，同樣也笑咪咪地朝她做了個ＯＫ的手勢，顯然王東來的力氣已經恢復。

唐思思心下大定，霍然把門打開道：「你不怕死，那就進來吧！」

沙麗聞言反而猶豫了一下，唐思思問道：「你進不進？」

沙麗這才慢慢走了進去，眼前的情景把她嚇了一跳，屋裡一片狼藉，王東來八叉著腿坐在唯一一張完好的椅子裡，目光灼灼地盯著自己，沙麗躬身道：「見過王老前輩。」

王東來沉聲道：「小丫頭，你是當說客還是投降來的？」

沙麗勉強一笑道：「都不是，我來的目的跟我們明天的賭約無關，是想找王老前輩和王小軍說些私事。」

王東來道：「那就說吧。」

沙麗沉吟片刻道：「能不能借一步說話？」

王東來道：「這裡沒外人。」

沙麗吞吐道：「還是不大方便……」

她機敏地觀察著四周，見王石璞和胡泰來受了傷且行動不便，郭雀兒和韓敏躺倒在地，姿勢都很不雅，但見了外人也不爬起，顯然大有問題，只有陳覓覓和江輕霞面面相對，卻是錯位站著，兩個人眼珠子隨著她滴溜溜地轉著，脖子紋絲不動。

沙麗故作鎮定道：「陳姑娘，江掌門，你們這是在幹什麼？」

江輕霞想要找藉口搪塞過去，陳覓覓已道：「我們都被王老前輩點了穴。」

沙麗吃驚道：「為什麼？」

韓敏道：「你看不出來嗎，王老前輩在指點後輩武功，我們一擁而上，結果三招兩式就成了這樣。」

「這……」沙麗欲言又止，震撼和疑惑這時在一起困擾著她，她自然也知道點穴這門功夫的厲害，但同時也在好奇為什麼友好切磋居然搞得如此慘烈。

唐思思把雙手交叉放在胸前道：「沙姑娘，你要不要也和王老爺子比試一下啊？」

王東來哈哈一笑道：「這個提議甚好，既然你作為晚輩來拜訪我，那我也教你幾招，別讓人說我這個主席自私狹隘，對待願意學習的後進們，我可是一視同仁的。」

「這……」沙麗不搭腔，忽然問唐思思道，「你怎麼一點事也沒有？」

唐思思道：「我又不會什麼武功，自然輪不到我。」

「原來如此。」沙麗點了點頭。她見王小軍意態悠閒地靠在沙發上，一雙腿自始至終都沒有動過，笑道：「王小軍，你好像受的傷也不輕吧？」

王小軍無所謂道：「還好，就是腿不能動了。」

沙麗道：「王老前輩，不如你先幫大家解了穴道，咱們再聊也不遲。」

王東來道：「不忙，總得讓他們吃些苦頭，他們才知道被點了穴道是什麼滋味，以後遇到類似的情況才不會太慌張。」

王石璞附和道：「我們鐵掌幫強大，跟這種殘酷的訓練方法也是分不開的。」

沙麗又道：「原來如此。」她眼珠子掃來掃去，似乎是在尋找什麼線索。

唐思思不耐煩道：「沙姑娘，來都來了，你還是讓王老爺子教你幾招吧，不然不是入寶山而空回嗎？」

沙麗愕然，她見唐思思眼神裡全是促狹和期待，早就知道她不懷好意了，唐思思一個勁地攛掇她和王東來動手，無非就是希望自己挨一頓打又無處申訴而已。

沙麗揮手道：「不必了，我和他老人家差得太遠，教也無從教起。」

江輕霞故意說道：「反正你是來聊天的，被點了穴道也一樣聊。」

唐思思慫恿道：「來嘛來嘛，我們這一屋子的人都挨了打，就你好端端的，我們豈不是心裡很不平衡——你不會是怕王老爺子假公濟私，把你打出個好歹來吧？」

沙麗下意識地往後退了幾步道：「唐大小姐說笑了，既然不方便，我改天再來拜訪。」

唐思思索性堵在門口道：「你真的想好了？這可是千載難逢的機會！」

沙麗終於不悅道：「哪有強迫別人比武的，如果王老前輩看我不順眼，還請明言！」

王東來故意說道：「既然沙姑娘不願意，那就請便吧。」

沙麗躥到門邊，面向眾人慢慢後退道：「那晚輩告辭。」隨即一直退出老遠，然後猛地大步逃跑。

唐思思憤憤地摔上了門，嘴裡嘀咕道：「這個小賤人，偷襲我們唐門不說，還打傷我二哥，我早就看她窩火——老爺子，您剛才怎麼不甩她兩巴掌啊？」

她再看王東來不禁嚇了一跳，只見老頭已經出溜到了椅子下面。唐思思急忙跑過去扶起他道：「您……您這是怎麼了？」

王小軍苦笑道：「多虧你恨死了這個小賤人，不然我們都得完蛋。」

唐思思瞬間恍然道：「你們……剛才是騙我的？」

王小軍道：「沒錯，我爺爺內力根本就沒恢復，可是再讓你推託下去，沙麗勢必會發現異常，咱們都得給人一鍋端了！」

唐思思看著眾人道：「你們都知道？」

韓敏笑道：「要不是你心心念念攛掇沙麗跟王老前輩比武，她也不會這麼快就逃走，所以還是你救了大家。」

唐思思嚇出一身冷汗，不滿道：「下次你們能不能先跟我說一聲啊？」

王小軍吐嘈道：「你演技太差，非露餡不可。」

陳覓覓道：「好在這齣空城計是唱成了。」

沙麗被嚇跑以後，滿屋的人仍舊是非傷即癱，唐思思扶扶這個，照顧照顧那個，到頭來也只能是束手無策。

王小軍道：「思思你別忙了，咱們就這樣聊聊天也挺好——爺爺，這一年半你都在哪兒啊？」

王東來道：「我清醒的時候越來越少，動輒就會傷人，自然是遠遠地躲在沒有人煙的山上。」

王小軍道：「所以那個電話就是你在山上給我打的？」

王東來道：「為了不讓我分心，你的情況你爸很少跟我說，但你突破了鐵掌第一重境我還是知道的，也是那時候，我就猜出你爸起了廢掉你武功的心思，我手頭的幾部手機都被我損毀了，最後還是找了一部老古董才給你打的電話。」

說到古董，王小軍氣不打一處來道，「你知不知道磁碟片這種東西是會消磁的？」

王東來道：「是嗎？我當年可沒想過這些問題。」

王小軍道：「算了，反正現在見到你本人，這些就不重要了。」

王東來道：「還是先說說你吧，我只知道余巴川趁我不在找上了鐵掌幫，到底是怎麼回事？」

「這說來話就長咯——」王小軍從唐缺去鐵掌幫撒野開始說起，把自己怎麼在三天之內打了廿七萬掌、余二帶著青城四秀上門尋釁、胡泰來李代桃僵的事一一道來。

當說到自己為了學纏絲手拜江輕霞為師的事情時，王東來狠狠瞪了江輕霞一眼道：「我孫子找你學功夫，你就該好好地教給他，怎麼還逼他拜入你的門下？」

韓敏無奈道：「看吧，我就知道得有今天。」

王小軍哭笑不得道：「老頭子，咱可得恩怨分明啊。」接著他又簡單說了在武當山上和二去峨眉的事，最後道：「我一直把余巴川當成最大的敵人，沒想到他只是綿月的幫凶。」

王東來喝道：「那也是姓余的最可惡，早知道我就該一巴掌拍死他。」老頭忽然又一怔道，「不過要不是他，你也不會對咱們鐵掌幫的功夫這麼上心，算是功過相抵吧。」

王小軍小心翼翼道：「說到這個，你最終也沒能克服鐵掌的反噬嗎？」

王東來嘆了口氣道：「談何容易，鐵掌幫歷代掌門天分都不比我差，他們都沒成功，我也只是在重蹈覆轍而已。」

王小軍沮喪道：「那咱們的鐵掌還要練下去嗎？」

「練！當然要練！」王東來一字一句道，「我死了還有你，你死了還有你兒子，遲早會有人發現問題出在哪裡。」

王小軍無語道：「你輕描淡寫的一句話就把我這麼年輕鮮活的一條命搭進去了，我有言在先啊，我兒子才不練什麼勞什子鐵掌，他給我乖乖地學圍棋和鋼琴去。」

王東來道：「那你呢？」

王小軍道：「我要不是咽不下這口氣我也不練！」言外之意還是要練的……

王東來嘿嘿一笑道：「兒子生下來就不由你了，咱們老王家，人都一個德性。」

眾人都笑盈盈地看著陳覓覓，陳覓覓不禁發毛道：「你們看我幹什麼？」

王小軍道：「走火入魔到底是什麼感覺，我爸說他一天之中總有一次身體會失控的時候……」

王東來道：「那是他症狀還不重，練到後來就會成為一天只有一次清醒的時候，平時渾渾噩噩，多半不知自己身在何處、幹了什麼。內力一旦積聚起來，就非得把它們排遣出去不可，這期間打過什麼東西，甚至打過什麼人都不知道。咱們鐵掌幫自古有不少高手都是發狂而死，應該就是耗乾了心血，據說有一位武功極高的長老，每日發狂就以掌擊山，別人發現他的時候半座山峰已被他打塌，而他自己也破碎不堪。」

眾人聽到這裡不禁都打了一個寒顫，不敢想像那幅情景。

王石璞幽幽道：「我雖然沒有這麼嚴重，但每次練功，腳底至心脈一線都會劇痛，以前只是偶發，現在成了每日『功課』，要不是這樣，余巴川也不那麼容易贏我。」

王東來道：「你以後不要再練了！」說完長長地嘆了一口氣。

老頭現在心神俱疲，軟軟地癱在椅子上，說不出的頹唐和倦乏，和出現在大禮堂裡神威凜凜的鐵掌幫幫主判若兩人。

王小軍知道，爺爺有很多話都沒說出口，要不是為了他，王東來不會冒險重出江湖，神威凜凜的背後其實是外強中乾。

想到這，王小軍忽然生出一股憐憫，咬牙道：「不行，我一定要找出鐵掌裡的問題把它解決掉！咱們鐵掌的招式應該不會有問題，看來毛病出在內力上。」

王東來道：「我和你爸也是這麼想，鐵掌幫的武功和內力都極易速成，問題就在『速成』兩個字上，別派修行講究循序漸進，而且很容易就碰到瓶頸，一個人限於資質和後天條件，總有一天他的境界會停滯不前；而咱們鐵掌幫，只要你練一天就會有一天的進展，日積月累，總有一天這副皮囊撐不起那麼多的內力，人發狂也是正常的。」

「我聽說鐵掌有七重境，那咱們能不能練個五六重就不練了，有人欺負到頭上就再練兩天，夠用就行，這世界錢是賺不完的，功也是練不完的。」王小軍討價還價道。

滿屋子的人聽他這麼說都一起翻白眼，簡直就是白光粼粼……

胡泰來頗有感觸道：「小軍，你還是不懂武林人，你說的道理誰都明白，可那些富豪們有哪個覺得自己錢夠花了就停下賺錢的腳步？練武之人也是一樣的，我師父跟我說過，永遠別覺得自己武功高，如果這麼認為，那你就離栽跟頭不遠了。」

王東來接口道：「況且練功不是你想停就停的，鐵掌幫的武功尤其這樣，練到後來，就像有個魔鬼在推著你走，你不練功他就折磨你，所謂飲鴆止渴、抱柴救火就是這樣。」

王小軍想了想，問道：「那我們能不能找到一個界線，練到什麼時候停止是安全的？」

王東來搖頭道：「沒有這樣的界限！就像你養了一頭狼，你壓根就不知道牠什麼時候脫離控制，我這身內力以前讓我威震江湖，但忽然有一天它就成了我的主人，它們聽指揮的時候，也像是主人對奴隸的施捨，大部分時間對你指手畫腳，非打即罵。」

王小軍忽然眼睛一亮道：「爺爺，我在武當山上無意中學了一門功夫叫游龍勁，是覓覓的師父自創的，它可以讓人把自身的內力釋放出來，你願不願意跟我學？」

王東來皺眉道：「這不是害人嗎？」

陳覓覓道：「小軍沒說完，這門功夫最終目的是把釋放出來的內力形成防護，就像氣盾一樣，不過練不好確實就是害人了，我師父當初是抱著遊戲的心態發明出來的，並且留下遺訓不讓後人學習——」

說到這，陳覓覓也是一陣激動道，「不過前輩現在的情況倒真的很適合，只是……您這幾十年的功力不免就……」

王東來愕然道：「你們想讓我把功散掉？」

他眼神一閃，霍然站了起來，走到陳覓覓面前隨手一拍，陳覓覓穴道頓時被解，原來他內力又開始凝聚起來了。接著王東來隨走隨拍，眾人紛紛恢復了行動自由。

王東來沉吟不語。「散功」這兩個字從沒在他腦子裡閃過哪怕一秒鐘，王東來的初衷是為了研究對付反噬的辦法，到後來發現完全無法可施，但就算這樣，他也從沒想過放棄，就像一個集團的老總，寧可舉債度日，維持表面上的光鮮也不宣布破產是一個道理，面子對王東來來說並不重要，重要的是，他不散功還有渺茫的希望能找到答案。

王小軍揉著腿道：「爺爺，你就跟我學吧，你的內力就是你的敵人，它都虐你千百遍了，你就不要再待它如初戀了。」

王東來喝道：「閉嘴！我要是想散功早就散了，用得著你們這些小兔崽子多嘴？」

王小軍很少見爺爺對自己發這麼大的脾氣，忙對陳覓覓使了個眼色，示意她不要再多說。

王東來受了這一激，手掌微微發顫，往下一按，屋裡最後一張椅子也被他按碎了。

王小軍無語凝咽道：「不會吧，又來？」看樣子王東來這是又要發狂的前奏！

韓敏大聲道：「老爺子，您怎麼樣？」

王東來顧不上答話，用另一隻手抓住了顫抖不已的手掌，同時神色惶恐起來。

江輕霞道：「王老前輩，您這樣可是無法和孫子團聚的，他說不定下一刻就會死在您的手上！」

王東來愣了一下，忽然眼中精光一閃，厲聲道：「都給我出去！」

眾人不寒而慄，唐思思扶起胡泰來、郭雀兒扶起王石璞，急忙往外就走。王東來顫抖的幅度越來越大，陳覓覓上前拉住王小軍的手。王東來又是大喝一聲道：「小軍你等什麼，還不快教我游龍勁？」

王小軍神色複雜道：「爺爺……你真的要學？」

王東來低沉道：「快點！不然就來不及了！」

眾人聽說祖孫倆要開始，一起走了出去，一來是為了避嫌，二來也是為了安全。

陳覓覓對王小軍道：「有什麼事你就大叫一聲，我們就在外邊。」

王小軍苦笑道：「無論發生什麼事，你們都別進來！」

大家出去以後，王東來面向牆壁站好，忽然雙掌齊推，一股雄渾的掌風撞在牆上，又凝而不散地慢慢反彈回來，儼然如同一個人形。王東來對著這團氣鄭重地鞠了一躬。

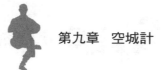

王小軍奇道：「爺爺，你這是幹什麼？」

王東來道：「這是和故人的道別儀式，它追隨了我五六十年，我也仰仗了它五六十年，就要分手了，我和它打聲招呼。」

王小軍失笑道：「搞得這麼有儀式感——」

王東來面向王小軍站好，緩緩道：「開始吧。」

王小軍點點頭道：「游龍勁是讓丹田裡的內力出來以後，經過氣海、神闕、還有……還有這裡和這裡……」王小軍穴位記得不牢靠，乾脆伸手在王東來肚子上指點起來，「最終從雙臂的肩髎穴揮散而出。」

王東來凝神聽著，沉思道：「老道發明這門功夫，果然不是用來打人的，內力在體內這般迂迴曲折、變著花兒地揮出去，就算對方不躲不閃，打在身上也毫無殺傷力了。」

王小軍道：「沒錯，龍游道人發明游龍勁是基於武當太極拳的底子，為的是防禦——咱們先來練習一下。」

王東來沉思片刻，呼的揮出一掌，但掌風依舊凌厲霸道，和游龍勁的宗旨大異其趣。

王小軍道：「你這個不對呀。」

王東來悻悻道：「我也知道不對！」原來老頭一輩子只想著進攻，這一掌雖然氣息是按游龍勁的線路遊走，但最終還帶著明顯的鐵掌風格。其實這也和他自身武功太強有關，就像一個百戰百勝的拳手，你就算教他的是舞蹈動作，他最後做出來的仍擺脫不了職業痕跡。

王小軍道：「不急，再來。」

這次他先示範了一次，又把穴道的順序講了一遍。他學游龍勁的時候沒覺得太難，那些穴道也只記了個七八成，很多含糊的地方只能靠王東來自己腦補，好在王東來觸類旁通，一聽之下就理解了其中的精髓，糊塗師父教精明弟子，倒也是別有一番景象。

幾分鐘後，王小軍道：「這次咱倆保持同步——氣出丹田，走！」他一手按在內力遊走的部位，一邊慢慢道，「經氣海、過神闕——」

王東來隨著他的節奏將內力引出丹田，忽然有幾分欣慰，孫子能讓內力在體內有條不紊地緩慢行走，說明他對內力的控制已經很有火候。

王東來依言運功，王小軍將內力都蘊含在雙臂之上，冷不丁道：「揮！」

王東來又是呼地一掌拍出，接著就覺一團氣要離自己而去，大驚失色，手指一張，硬生生又把那團氣抓了回去。

原來這是他的自然反應，武林人把內力視為至寶，任誰都不會讓它就這麼浪費。王小軍教他的時候只教了游龍勁的第一步，他的內力散出來後是以游龍形態回到體內的，而王東來則是「抓」了回去，這一來既沒有達到游龍勁的功效，連鐵掌的威力也發揮不出，可謂不倫不類。

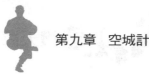

王小軍沮喪道：「都快成功了，你幹嘛多此一舉？」

王東來惱怒道：「廢話！」跟孫子學功夫，老頭本來就老大不樂意了，這會又受了訓斥，自然老羞成怒。

王小軍忙陪笑道：「爺爺別生氣，龍游道人和你是一個級別的高手，他費盡一生發明的功夫自然也不是一時半會就能學會的。」

王東來氣呼呼地道：「你不用激我，你都學得會，我會當回事嗎？只是我想到明天還有一場仗打……不然游龍勁咱們還是以後再說吧。」

王小軍詫異道：「你不會要反悔吧，就憑你的狀態，明天只有兩種可能，一種是綿月把你打死，另一種是你把武協會場殺得屍橫遍野，你願意選哪種？」

王東來慨然道：「你難道讓我就這麼眼睜睜地看著武協和鐵掌幫完了嗎？」

王小軍道：「誰說的，不是還有我嗎？唐傲說得好，人才是最重要的，我答應你，一定讓你看到我讓鐵掌幫復興的那一天。」

王東來垂首不語，良久才嘆氣道：「繼續吧。」

王東來練習了十多分鐘，內力越聚越多，而且時時牽動，冷不丁覺得腦中一陣渾噩，不禁急道：「小軍……我又快不行了，你還是出去躲一躲！」

王小軍沉著道：「爺爺，咱們最後再來一次。」

王東來只覺腦子漸漸陷入混沌，一個強烈的念頭開始佔據他的思想，那就是把眼前會動的一草一木都毀之而後快，王東來嘶聲道：「來不及了……你快跑！」

王小軍眼見爺爺眼神逐漸呆滯，他頂著頭皮發麻的壓力大聲道：「就一次，最後一次！」說著他站好姿勢，將雙臂平舉在胸前，一邊大聲重複著游龍勁的步驟，「氣出丹田，經氣海、過神闕！」

王東來這時全身內力在體內激蕩奔走，舉止也已有了癲狂之意，王東來眼中的王小軍慢慢模糊，他知道自己此刻稍一鬆懈，孫子不免就會有滅頂之災，仗著最後一絲空明，他咬緊牙關，將少有的還受控制的內力經由丹田送出，隨著王小軍一字一句的提示遊走，頃刻上了雙臂，接著猛地往外一揮，一股充沛的內力嗤的一聲散發而出。

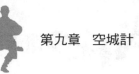

這一次，王東來硬是忍住將它們抓回的想法，二來也是力有不逮，一片意識模糊中，他學著王小軍的樣子將胳膊一揮，那些內力終於沒有就此消失，而是在他身前形成了一條不修稜角的軌道！終於做到了游龍勁的初始階段！

隨著內力的不斷湧出，王東來神智漸復，身體也空前地覺得舒泰，也許是內力也有天性，它們又慢慢團聚在一起，隨著大流鑽出體外。這一刻，他內心的矛盾上升到了生平最激烈的時刻，他最後看了一眼孫子，一發狠，把這條越積越厚的氣龍推了出去，決定散功！

而在王東來身前，王小軍正在為他示範，一條規規矩矩的游龍圍繞著他的身子緩緩游動，王東來這條氣龍轟然撲出，眼見就要消散，但它彷佛有靈性一樣，自己的主人已無心留客，前面那人恰好又門戶大開，它奔騰呼嘯著併入了王小軍的氣道中。

龍頭這一領，王東來全身氣息大開，如同江海倒懸一樣的內力傾瀉而出又狂嘯而入，也不知用了多長時間，它們終於從王東來的身體全部鑽進併入了王小軍的氣龍，接著又進入了他的丹田……

這一切的發生像是天荒地老，又似乎只在一瞬之間，王小軍愕然中就覺像被神魔附體，一股充沛不可擋的力量衝進他的丹田，又激蕩著他的四肢百骸，頃刻奇經八脈全開，整個人像要飄起來一樣暈眩、迷茫、又充滿不可言說的莫測感……

·第十章·

隔代遺傳

「好！」王東來大聲道，「那我就把武協主席之位傳給我孫子王小軍，你們誰有意見？」

「什麼？」王小軍既震驚又莫名其妙，他小聲道：「爺爺，主席都是選出來的，不能世襲，而且你這是隔代遺傳……」

王東來看著孫子，王小軍眼睛上被罩了一層氤氳之氣，全身像會發光一樣耀眼，這一刻，王東來既感欣慰又覺傷感，欣慰的是自己的內力畢竟傳了下去；傷感的是，如果說王小軍以前還有退路，那他現在一輩子註定要和這些內力做鬥爭，找不到正確支配它們的路，勢必和自己一樣受其所害。

王小軍和王東來面面相覷，過了好久王小軍才尷尬道：「我要不是你孫子，你肯定以為我是設計好了來圖謀你的內力吧？」

王東來緩緩道：「小軍，我的老夥計們和鐵掌幫以後就拜託你了。」

王小軍靜立不語，王東來的那些內力雖然和他本身的內力同宗同源，但一時並不融合，他以前經常覺得自己內力也算頗有根基了，此時一比，簡直就像幾十名鄉勇見了盔甲猙獰的集團軍，既自慚形穢又興奮不已。

而這支集團軍雖然是客人身分，卻肆無忌憚地在全身呼嘯奔走，直接將全身的經脈都打通連接，至此之後，王小軍練武再無此類羈絆，也就是傳說中的打通了任督二脈。

但王小軍也隱隱地感到了一絲不安——這些新來者幫他做這些，固然可能有不好的意思，更多的像是宣示主權，這麼龐大的一支軍隊駐紮在一個小鎮上，自然要開疆闢土建造軍營，至於那些不成氣候的原住民，他們可不放在眼裡。

王東來見王小軍不說話，憂心道：「小軍？」

王小軍試著揮出一掌，這一掌並不如何凌厲霸道，卻把五步之外的牆壁上的浮土打掉了一層。王小軍像看什麼新鮮玩意一樣端詳著自己的手掌，雀躍道：「以後半夜開燈再也不用下床了！」

王東來道：「這麼說，它們還是聽你指揮的？」

王小軍點頭道：「就是不知道以我現在的水準能不能打過余巴川。」

王東來不悅道：「你吃了我六十年的內力，要連余巴川也打不了，就別丟人現眼了！」

王小軍嘿嘿一笑，他潛運內力，腳下一動，身子嗖地一下躥出老遠，因為沒能把握好尺度，臉差點撞在樓梯上，王小軍自我解嘲道：「以前騎自行車，現在換了法拉利，所以油門有點控制不住啊。」

王東來道：「你先好好習慣一下。」

王小軍就在滿屋子的廢墟上躥來躥去，玩了一會，腳尖點地向二樓躍去，發現他固然比以前跳得高了不少，可是離二樓的樓梯還有一截距離。立刻道：「爺爺，我看你視頻裡一蹦四五米，你是怎麼弄的？」

王東來沒好氣道：「輕功不光是有深厚的內力就行，也要講究技巧的，我的磁片裡不是有運用之法嗎？」

王小軍道：「還說呢，不是壞了一張嘛。」他陪笑臉道：「你現在教我也不晚，多了不用，你先教我怎麼能一下飛到二樓。」

王小軍最神往的其實還是輕功，鐵掌威力如何強勁，無非就是力氣大而已，要一下能蹦個三四米，在他看來才是武功的終極妙用和體現。

「壞的是第幾張磁片？」

王小軍想了想道：「第六張，應該也是講怎麼修煉內力的，它壞了之後就和後面的銜接不上了，我是借著張庭雷送我的內功心法才勉強練到今天的地步，現在我有了你的內力，你直接教我技巧就好了。」

王東來淡淡道：「我不能教你。」

王小軍詫異道：「為什麼？」

王東來道：「你知道你爸和我最大的分歧是什麼嗎？」

「爸不希望我練武，怕的是我有朝一日也受反噬之苦，至於你……好像看出我是武學奇才，所以對我十分看好，嘿嘿。」

王東來自動忽略了孫子話裡的浮誇成分，緩緩道：「你爸不讓你練武，主要還是覺得靠我們鐵掌幫目前這樣的練法改良弊端希望太渺茫。功法裡有反噬，這是人人知道的，可是一代代還是這麼以訛傳訛地往下傳，這樣永遠不知道問題出在哪裡，我覺得他這話說得也對。」

王小軍道：「那怎麼辦？」

王東來道：「所以我有了一個思路，以後鐵掌幫再教弟子，只教給他最基本的修行方法，大約就是到第二重境的程度，後面的內功心法一概不傳，然後讓他自己自由發展，看過若干年後他到底會怎樣，如果相安無事，再教他第三重境，就這樣層層遞推，什麼時候他出現了反噬，那就說明當前的功法裡有問題，我們就集中進行改良。」

王小軍瞪大眼睛道：「你這是要把我當白老鼠啊？」

王東來瞟了他一眼道：「這不是你自己選的路嘛？」

「那青青……」

王東來道：「青青就算突破了第二重境，我也不打算再讓她練下去了，咱們鐵掌幫不害人，你大師兄拜師時，我也是言明其中利害才收的他。」

王小軍攤手道：「合著就害自己人？」

但他知道跟爺爺是無理可講的，老頭做事向來就是這樣，只把利弊告訴你，卻不會給你具體意見，比如王小軍很小的時候，他會告訴王小軍摸電門會觸電，在池塘邊玩會掉進去，卻從不說你別摸電門、別在池塘邊上玩的話。

王東來道：「所以我覺得磁片壞了一張也是天意，後面的路要靠你自己走，如果走通了，你就是鐵掌幫的恩人，如果走不通……那你就認了吧。」

王小軍現在終於明白了，看起來凶惡的父親其實是婦人之仁，爺爺才是真正的鷹派，他不惜犧牲一代又一代的王家子弟也要改良鐵掌裡的弊端。

王小軍攤攤手道：「不教就不教吧，可是你一身的內力都傳給了我，說這些還有意義嗎？」

王東來道：「這就要靠你自己了，如果你能把它們都馴服轉化，全部為你所用，那就代表你成功了，咱們現在走的既是捷徑也是險途，從這點上來說，我的內力其實是害了你，本來你還有幾年時間，現在必須要爭分奪秒了。」

王小軍道：「爸說我已經走火入魔，為什麼我沒有感覺？」

王東來道：「那是因為你還年輕，新車超載總比快報廢的車安全。」

王小軍聳肩道：「有句話怎麼說來著，危機也是轉機，咱們就走著瞧吧。」

兩個人說了半天話，陳覓覓十分不安，機警地探頭張望。

王小軍衝她招招手道：「進來吧。」

眾人見祖孫倆只是淡淡地站著說話，陳覓覓不禁緊張道：「成……成了？」

王小軍點點頭道：「成了。」他剛要說出詳細情況，王東來衝他微微搖了搖頭。

大家得知王東來已經散功，圍在他身邊都訥訥的不知該怎麼安慰他。王東來道：「你們不用一副死了親爹的表情，你們應該為我高興才是。」

江輕霞道：「那我們恭賀王老前輩去了一個心腹大患。」

王東來瞟她一眼道：「我散了功你很高興嗎？」

王小軍無奈道：「你這個人也太難取悅了吧。」

王東來一笑道：「我是逗逗這個小丫頭。」隨即道：「明天你要打余巴川，我教你幾招吧。」

眾人均感愕然，沒想到老頭剛散了功反而還要教孫子練武，再則，大家誰也不認為臨陣磨槍能管用，王小軍和余巴川的差距擺在那，況且王小軍也不是什麼初出茅廬的新人，他的武功已經成型，再想提高，要靠日積月累的沉澱，突擊法顯然不適合他。

王東來見無人說話，哼了一聲道：「我功力雖失，可眼光還在。」

王小軍自己也十分納悶，余巴川的武功底細他是瞭解的，如果說以前還是高山仰止的話，這會已經完全不是那麼回事了，不說別的，有了王東來這六十年的內力，王小軍現在已經不是開外掛，而是直接作弊了。

王東來湊近王小軍小聲道：「明天你不可讓余巴川察覺出你內力上的變化，不然就會引起綿月的懷疑！」

王小軍頓時恍然，爺爺現在還能起震懾作用，如果一旦被綿月瞧出端倪，那就一切都完了。他也小聲道：「你想讓我全憑招法勝過余巴川？」

王東來道：「你是不相信我，還是不相信鐵掌幫的武功？」

王小軍只好道：「那好吧。」

胡泰來道：「那我們就再回避一會兒。」

王東來擺手道：「不必了，你們就看看吧。」

胡泰來道：「這……方便嗎？」

王東來不悅道：「我們鐵掌幫內功有毒，招式可沒有！」

胡泰來尷尬道：「呃，我不是這個意思。」

王東來背著手走到邊上，對王小軍道：「現在開始，你就把三十招鐵掌當著我的面打一遍吧。」

眾人礙於王東來的面子，想走又不敢，只好靠牆站成一排看著。

王小軍清理出一片空地，按照他曾對照過的圖譜，從第一掌開始打起，剛打到第二掌，王東來忽然道：「這一掌再往前探半寸。」

王小軍一愣，第二掌右掌前伸，配合弓腿的一招進攻路數，鐵掌幫的招數看似粗糲，實則每一個動作都是經過各代人的精雕細琢，就拿這一招來說，手掌推到這個位置已經是到了極致，再往前半寸勢必會引起肌肉關節的不適。

王小軍試著比劃了一下，手掌到了圖譜中的程度，他忽然會心一笑，原來他吸收了王東來六十年的功力，全身穴道連成一片，肌肉掌控也達到空前的地步，這一掌推到這裡，還有很大餘裕，而且王東來只說出了這麼做的好處的冰山一角——手掌往前半寸，它的勢力範圍卻足足延伸了半尺！

王小軍只是比劃一下，並不把動作做足，而是繼續演練，到第五掌上，王東來又道：「這一掌再往斜上方打十五度。」

王小軍停下想了想，這一掌角度再偏些，確實有讓人猝不及防的功效，只是同樣的，以前限於種種條件無法做到。就像一匹小馬在蹣跚學步的時候，你不能要求牠日行千里一樣。王小軍照樣只是假想了片刻，又開始打下一掌。

就這樣，王小軍一邊練，王東來一邊指點，三十掌打完，王東來對他進行了十來處糾正和修改，時間無非就過了五六分而已。

王東來：「行了，就先到這吧，你把這些領會了，打余巴川也差不多了。」

眾人不禁大跌眼鏡：到哪兒就差不多了啊？這老頭莫非是散功以後失心瘋了才這麼自說自話？

王小軍卻微笑點頭道：「我覺得也差不多了。」

眾人再次無語，這爺孫倆終於瘋到一塊去了！

陳覓覓道：「老爺子，這事兒可玩笑不得！」

王東來道：「你覺得我會拿我孫子的命開玩笑嗎？」

王小軍揮揮手道：「行了行了，你們都睡覺去吧。」

原來王東來看似只是隨便指點了王小軍幾下，其實是把鐵掌的最終精義教給了他，這十來句話既是具體的招式，更是全新的思路和戰術理念。

王小軍此時功力大成，以前限於此的禁忌一概可以忽略，當初的小馬已經成長成駿馬，王東來教給他的，不再是如何不摔跤，而是如何奔馳！

隨著功力的提升，鐵掌幫的招數也是會升級的。比如第二掌的例子同樣適用於第三掌，第五掌的例子同樣適用於後面的幾掌，王東來給王小軍打開的是一個全新的視野！

而這種升級早在爺爺留下的第三張磁碟裡他就見識過——那張磁片裡沒有內功心法，只有簡單的掌法演練，那是第一次升級！說到底，這一切還是得益於內功的突破，只不過把它巧妙運用在招裡罷了。

王東來道：「有些招數我沒點破，要靠你自己的領悟和天分了。」

王小軍胸有成竹地點點頭，笑道：「爺爺怕我以後無聊，還給我留了彩蛋。」

大家越發迷茫起來。

王東來道：「對於明天一戰，你還有什麼要說的嗎？」

王小軍想了想道：「事關鐵掌幫和武協的生死，我一定盡力！」

這時東方已露出魚肚白，眾人也就懶得再回住處，各自找個地方小憩。彼此各懷心事：唐傲已經輸了一場，王東來武功全失，王小軍對余巴川又毫無勝算，這場賭約已無任何希望。

王石璞訥訥道：「師父……」

王東來沉聲道：「什麼也不要說，什麼也不要問。」

王石璞道：「是。」原來他從王東來指導王小軍功夫中已經感覺到了一些不對。

陳覓覓走過來拉住王小軍的手，小聲道：「小軍，一會兒你打算怎麼辦？」

王小軍道：「綿月並不知道我爺爺散功的事，我們現在只能玩不戰而屈人之兵了。」

陳覓覓道：「那你準備怎麼對付余巴川？」

王小軍很想把自己的經歷告訴她，對這幫人，他沒有任何顧慮，但是告訴大家還是一樣要受煎熬，只是多了不穩定的因素而已，所以他決定暫時保密。他摸著肚子道：「我……準備先去吃個早點。」

這時王東來沉聲道：「一會兒小軍打敗余巴川以後，你們要裝作什麼事也沒發生，綿月還是由我來對付。」

眾人再感詫異，這爺孫倆口口聲聲要打敗余巴川，似乎對此已胸有成竹。

王小軍倒不是全在說笑，昨天下午就沒好好吃東西，一晚上折騰下來早就餓了，他說要吃早點，眾人也只好跟著。

武林人幾乎沒有睡懶覺的習慣，到了餐廳，已有三三兩兩的人在活動。人們見王家祖孫出現，紛紛側目讓路，有些能搭得上話的，便來和老主席敘舊。

王東來淡淡道：「今天的主角是我孫子，一會兒大家多多關注。」

王小軍把兩個包子一起塞進嘴裡，又往肚子裡倒了杯牛奶，見眾人都在看他，小聲嘀咕道：「算了，吃個七八成飽就行了，要不他們還以為我吃的是最後一頓呢。」

陳覓覓無奈，又偷偷給他抓了塊紅薯。

這時外面傳來消息：余巴川等人已經到了會場。王小軍一揮手道：「咱也走！」所有人轟然相隨。

到了會場，這裡早已人滿為患，三四百號人，一大早居然一個不差地都到齊了！

王小軍手裡舉著個紅薯，被噎得一愣一愣的。綿月、余巴川、沙麗已經站到主席臺下的一側，王小軍緊走兩步跳上臺，把紅薯咽下去，伸手指點道：「余巴川，來打架！」

余巴川也躍上主席臺，盯著王小軍道：「小……」誰都知道他是想說「小兔崽子」，但他掃了一眼臺下的王東來，譏誚道：「這一晚上你學了多少武功？」

王小軍裝模作樣地掰了掰指頭道：「打你剛夠，可能還夠加上青城四秀和余老二。」

余巴川冷冷道：「你們鐵掌幫可真會作秀，過去二十幾年不學，一晚上就能成事了？」

王小軍皺眉道：「為什麼咱倆打架，你永遠是話多的那個？」

余巴川忽然朝臺下拱手道：「各位英雄大家明鑒，這一場是我和王小軍的比試，王東來如果暗中插手那我可不服！」

王東來道：「你無非是怕我的隔山打牛氣，既然如此，我也請大家做個見證，我絕不會接近主席臺，手掌也不接觸地面。」

余巴川道：「你離那張桌子也遠點！」

王東來微微一笑，走開了幾步。

在場的都是行業精英，「隔山打牛氣」大部分也只是聽說過而已，這種功夫要讓內力遠端傳輸達到傷人的目的，簡直就是玄而又玄。

武林中人都講究怎樣把有限的內力淋漓盡致地運用在招式中，造成更大的威力，像遠端輸出這種誇張的做法，無異於拿鈔票捆去把人砸暈，就算一般土豪也承擔不起，一個傳說中的功夫而已，居然把余巴川嚇成這樣，卻是誰也不知道他在這上面吃過大虧。

王小軍又道：「能打了嗎？」

余巴川越發覺得有詐，他仔細地把主席臺附近的人都審視了一番，又特意觀察了一下臉色晦暗的王石璞，這才稍稍放心。王小軍心裡好笑，原來余巴川在擔心王東來用這種特殊的法子偷襲他，顯然他是操錯了心。

王小軍道：「你到底好了沒有？要不咱倆去銀行租個保險櫃在裡面打？」

余巴川又道：「且慢！」

眾人皆感不耐煩，這還是第一天剛露面就橫行霸道的余巴川嗎？

余巴川質問王東來道：「說是比試，其實是生死較量，萬一有什麼損傷，王幫主不會做出逾矩的事情來吧？」

眾人一聽這是余巴川動了歪心思，他意圖對王小軍不利，又怕王東來當場報復，所以要將王東來一軍。

就在所有人都以為王東來會嚴詞拒絕的時候，不料老頭只是淡淡道：「上臺就是簽了生死狀，無論發生什麼情況，我今天都不找你麻煩。」

余巴川點點頭，雖然只是「今天」不找他麻煩，那也足夠了。

王小軍只是無言地看著余巴川，余巴川道：「可以開——」

「看掌！」王小軍已經撲了上去！

余巴川見這掌是直奔自己胸口拍來，雙手一圈往王小軍手臂上罩去，這一招既是防禦也是反擊，勢必要逼得對方撤招自保，再長驅直入拿下空城。

王小軍沒有後退，只是手掌往前一吐，余巴川暗暗吃驚，他如果還按套路出牌，最多只能傷到王小軍的手臂，自己卻門戶大開不死即傷，他果斷收手，斜插裡掠了過去。

這剛一碰面，自己居然就落了下風！

余巴川從沒有小瞧過鐵掌幫，甚至是隱隱有低姿態心理的，這跟他的經歷也有關——自他四十歲以後，挨的打都是鐵掌幫裡的人幹的，現在王小軍這一掌的精妙顯現出來，余巴川沒有太多的意外，反而有點放下心來，他一直在憂慮王東來會不會在背後搞什麼鬼，如今見真的只是教了王小軍武功而已，終於踏實了。

原因很簡單，王小軍無論再怎麼練，終究還不是他的對手。余巴川也是武林裡少有的奇才，除了性格跋扈之外。

余巴川一掠而走，心裡正在琢磨該怎麼速戰速決，就聽耳邊有人輕聲道：「你去哪兒？」

余巴川循聲看去，只見王小軍不即不離地貼著他。跟他一起往前飛跑，余巴川不禁大吃一驚道：「你……」

王小軍道：「你什麼你，我問你去哪兒？」

余巴川情急之下揮掌向王小軍打去，王小軍哧溜一下繞到了他的另一邊，道：「余巴川，我爺爺當年為什麼打你？」

余巴川怒色一閃，頓住腳步雙掌齊發，王小軍一邊還擊一邊道：「就因為你帶著青城派的人在外面吃飯，一言不合砸了人家的小店，我爺爺讓你道歉你不肯，對不對？」

王小軍接著道：「就為了這麼點小事，你時隔多年之後。為了報復我爺爺，派余老二和青城四秀到鐵掌幫，想讓阿四把青木掌的毒種在我胳膊上，結果誤傷了胡泰來。為了和武協對抗，你想設立一個什麼川蜀聯盟，其實就是想搞一言堂，為此你又親自上峨眉山，仗著峨眉派沒有長輩撐腰，你對一群姑娘大打出手，重傷了冬卿；不光如此，四川各個門派都是你欺壓的對象，甚至唐思思都差點成為你綁架的目標，我沒冤枉你吧？」

陳覓覓在臺下看著，喃喃道：「我從沒見過小軍這麼義正言辭地質問一個人。」

胡泰來淡淡道：「他也該和余巴川做一個了結了。」

余巴川一語不發，心裡暗暗驚訝，他驚的不是王小軍的數落，而是這麼多招過去，他的攻擊就像打在萬年冰山上，小臂和手掌都隱隱作痛，王小軍居然還有餘裕的樣子。

王小軍又大聲道：「自始至終，武協並沒有虧待你，你傷害過的人都是無辜的，別人不說，甚至阿四在失去武功以後都被你革出門牆，像你這種不仁不義的東西，武協怎麼可能讓你執掌？哦對了，你想當武協主席也只是為了從內部破壞它而已吧？」

下面的人不少都已經淡忘了當年的事，還有一部分是新會員，私下一衡量，這些事情果然都是余巴川的風格，又見他不說話，都道他是理虧。

其實別說這些事情都是真的，就算王小軍隨便編排幾個罪名，余巴川也不在乎，在他心裡，武林就是一個拳頭說了算的地方，雖然王東來的出現打破了他的期望，但一不做二不休，也只有先拿下這次比試再說。

他和王小軍打過上百招，對他的底細很瞭解，照說五年內他應該沒有追上自己的希望才對，結果幾十招打下來，很多依稀眼熟的招式，以前本來是漏洞百出，經過王小軍稍加變化，頓時成了兩副氣象。

其實王小軍心裡亦不平靜，他同樣沒有找到很好的機會，他本以為吸收了爺爺六十年的內力，余巴川會不堪一擊才對，幾十招後卻仍打不下。不過他很快就淡然了：他雖有深厚的內力但並沒有顯露，而想光靠招式來贏余巴川這樣的頂尖高手，自然需要一個過程。自己在最需要升級的時候恰巧來了余巴川這麼好的對手，從某種角度上說，自己是幸運的。

隨著心態的變化，王小軍更加從容、一招一式按部就班，抱著純競技甚至是學習的態度，反而越打越氣貫長虹，余巴川則漸漸露出敗象。

到了他們這個水準的角逐，除了極個別的人能看出王小軍在逐漸佔據主動以外，大部分人還是在看熱鬧，按照一般人的理解，這場比拼的重頭戲是在王東來和綿月身上，王小軍應該三招兩式就被打下去才合乎情理，如今打得難解難分，他們自動解讀為是余巴川怕了王東來，所以手下留情，這貨嘴上說得厲害，其實還是欺軟怕硬，眾人看他的目光不禁多了幾分鄙視。

這裡面只有王石璞心中一片透亮，他再看王東來的神色裡充滿了複雜，既有惋惜又有不解，當然還有一絲欣然。

陳覓覓也只能看出臺上兩人目前為止確實是平分秋色，但她不知道何以會這樣。胡泰來武功不低，但他練的是外家拳，所以和眾人一樣都是迷茫。

五十招一過，余巴川懊悔不已！隨著王小軍招式漸趨純熟，余巴川知道不可能贏了，這時余巴川心裡也生出最後一絲希望——王小軍需要拿自己練手，就說明他的功夫還是不熟，在接下來越來越少的時間裡，也是他擊敗王小軍最後的機會！

王小軍一掌橫掃，余巴川冷不丁背對他。用胳膊肘直撞對方腰眼，同時右掌五根手指微曲，發出細微的劈啪之聲，他已將全身功力凝聚在這一掌上，只要王小軍不閃開，他就來個硬碰硬，他招式再妙，內功不行，就算這段日子勤學苦練，終究比不上自己，而在余巴川心裡，拼個兩敗俱傷也是可以接受的！

余巴川霍然轉身，和王小軍四目相對，掌風呼嘯而來，王小軍忽然面露微笑，輕巧地往前跨了小半步，主動把肩膀墊在了余巴川掌底——兩股巨大的力量相撞，發出「嗖」的一聲，余巴川的手掌像打在了一塊圓不溜丟、外表光滑的堅冰上，突兀地滑了開去！

胡泰來下意識道：「這不是我……」

王小軍用的，正是他的滑步拳，只不過此刻改成了滑步掌，而且是讓別人的手掌滑開。

余巴川一掌拍空，臉上駭然變色，王小軍一把抓住他的前襟，隨手把他提了起來，順勢一巴掌抽在他臉上，喝道：「這是為老胡打的！」

余巴川又驚又怒，雙掌齊往王小軍面目拍去，王小軍抓在他前襟的手一抖，余巴川的攻勢瞬間凌亂，王小軍又是反手一巴掌抽在他那邊的臉頰：「這掌是替冬卿姐打的！」

下面的人看到這裡。個個都是莫名驚詫，這回他們才知道余巴川不是裝的。只跟王東來學了一晚上的武功，居然絕殺余巴川，人們看看王東來又看看王小軍，均覺不可置信！

余巴川被王小軍提著，就像小雞落入了鷹爪，以前在他的盛氣之下誰也不覺得他矮小，這會對比格外鮮明！

綿月目光灼灼地盯著王小軍，眼神裡全是費解，轉而，他猛地望向王東來，見王東來也正平靜地看著他，那意思很明顯，臺上勝負已分，接下來就看兩人之間的較量了。綿月下意識地別過頭去，似乎否定了自己的猜想，至於臺上的余巴川，他反而不在意了。

這時圓通在綿月耳邊低聲說了句什麼，綿月神色一緊，忽然飛掠上臺，右掌急速向王小軍拍去，王小軍正要再打余巴川第三巴掌，見綿月這掌吞吞吐吐閃閃爍爍，竟然無從躲起，只得扔開余巴川，同樣以右掌迎了上去。

這一回，兩人手掌相抵，發出了振聾發聵的一聲巨響，會場中的人紛紛掩耳，王小軍和綿月同時後退了一步，綿月看向他的眼神可謂無比複雜，下一秒，他扯起余巴川飛身下臺，帶著沙麗和圓通從後臺闖出，竟然就此逃走！

王小軍慢慢收了架勢，對臺下的王石璞道：「抱歉啊大師兄，第三下本來該替你出氣了，結果沒打成。」

這一切事起倉促，只一眨眼的工夫，綿月他們已經逃走，臺上只剩王小軍一個人，臺下則一片譁然。

王小軍見下面無數雙眼睛一起盯在他身上，饒是他臉皮夠厚也不禁窘迫，當下就要跳下臺來。王東來忽然一擺手，同時大步往臺上走來。老頭也不知是不是太過激動，竟然在臺階上絆了一下，他踉蹌著上了臺，抓過麥克風沉聲道：「現在還有人要退出武協嗎？」

那些曾投過同意票的人此時不禁人人自危，自然也不會有人在這個時候跳出來。

王東來瞪著臺下道：「我才歇了幾天，瞧瞧你們把武協搞得烏煙瘴氣的！」

王小軍尷尬道：「爺爺，你歇了可不是幾天，已經足足一年半了，按規矩，你的武協主席也該被撤職了。」

王東來質疑道：「還有人想撤我職？」

王小軍道：「幸虧有人念著你的好，通過提議幫你多留了十天。」

王東來打個哈哈道：「越說越離奇，這裡居然還有人念我的好？」

王小軍嘆了口氣，小聲道：「看來你還挺有自知之明的。」

張庭雷在下面道：「別得意了，我們是看在你孫子的面子上！」

王東來大笑道：「就你這個老東西敢說實話，我說麼，我在武協這麼多年幹過什麼好事，我自己都想不出來。」

下面的人只能跟著嘿嘿地陪笑。

王東來忽然道：「這麼說我現在還是武協主席？」

眾人都跟著點頭。

「好！」王東來大聲道，「那我就把武協主席之位傳給我孫子王小軍，你們誰有意見？」

「什麼？」王小軍既震驚又莫名其妙，他小聲道：「爺爺，主席都是選出來的，不能世襲，而且你這是隔代遺傳……」

王東來不理他，仍對下面道：「有人有意見嗎？」

人們都不傻，誰也不會在這種時候站出來唱反調，按地位來說，鐵掌幫這麼多年一直把持著武協，論武功，在場的沒人有把握打過王小軍，雖說資歷差了點，但資歷這個東西向來是說不清道不明的，誰也沒指望王東來的孫子四五十歲才接爺爺的班兒，於是索性有人帶頭鼓起掌來。

「呃……這……」王小軍這次是真的發窘了，他能當上常委就已經覺得滿是荒誕感，這時黃袍加身，真的像做夢一樣。

王小軍不由自主地把眼光放到了華濤身上，如今六大派裡，少林武當都出了內亂，崆峒派相當於投敵，峨眉則挑不起重擔，王小軍當然知道爺爺也不可能繼續擔任主席，那麼最後的老資格就剩了華濤。

王東來順著王小軍的目光掃了一眼華濤道：「華掌門，本來論資排輩的話，這個主席該到你當，你不會有意見吧？」

華濤使勁擺手道：「別別別，沒有金剛鑽不攬瓷器活，我當主席還不如直接解散了呢。」眾人都跟著乾笑。

王東來對王小軍道：「小軍，作為新上任的主席，你給大家說幾句吧。」

胡泰來和唐思思還有衛魯豫等人帶頭鼓掌，在一片掌聲中，王小軍嘆氣道：「你們讓我說什麼好呢？」

有人道：「就說說你對武林的看法吧。」

「武林？」王小軍脫口而出道，「武林就是一個大糞坑。」

眾人面面相覷，不明白新上任的主席為什麼會有此一說。

這句話其實是王靜湖說過的，王小軍記憶猶新，這時不由自主地說了出來，說完他有些後悔，可是已經晚了，只好咬咬牙道：

「咱們武林人士在外人眼裡快意恩仇、行俠仗義，但就我這幾個月的體驗，大多時候卻不是這樣，在座的很多人，用在講面子、講排場上的工夫可比用在武學上的多，拉幫結派沾沾自喜，你捧著我，做錯事也是對的，你不順著我，做對事也是錯的，因為一些雞毛蒜皮的過節就記仇一輩子，甚至是幾輩子。我敢說，江湖上的恩怨往上翻都是芝麻大的小事，你們那些彼此看不順眼的，現在告訴我，誰和誰是真的殺父之仇？有多少只是因為他少敬了你一杯酒、打招呼的時候沒跟你點頭？把睚眥必報當成熱血是不行的啊！」

唐思思和陳覓覓見他說得如此痛心疾首，都幾乎要笑場。但會場裡卻有不少人面色凝重，江湖人視面子重於生命，王小軍說的那種情況聽起來像笑話，但在這個場合裡卻真有發生，而且不只一例，那些所謂相互「有仇」的人此刻遙遙相望，不禁都是臉上一紅。

王小軍有這樣的感觸是因為見多了這樣的事情，就說張庭雷，老頭並不是不講理的人，也知道自己的侄子不是東西，但被別派的人打了，老頭還是第一時間就上門尋釁，有「面子」這兩個字作怪，他就不得不這麼做。

王小軍頓了頓又道：

「說到熱血那就更簡單了，哪有什麼熱血啊，就是誰的拳頭硬誰說了算，就拿讓我當主席這事來說，有些人要不是怕打不過我爺爺，只怕早就該鬧事了。自然，我這個主席當之有愧，但是只要讓我在這位子上待一天，我就盡力幹一點實事，希望大家以後能把武協當成實實在在自己的地方，每次來開會之前，心裡想著我這次去又能見到誰了，而不是我又能見到誰，這次一定要報上次的仇。」

說到這，他不好意思道：「這一點我以前就做得很不好。」

眾人也跟著乾笑，武協開會類似的情況當然少不了。

王小軍想了想道：「至於去留問題……」

王東來小聲道：「小軍，這件事上可不能開玩笑！」

王小軍仍然道：「既然是一個協會，當然去留隨意，我們絕不勉強別人留下。」

這時，一個中年人應聲站起道：「那我這就申請退出武協。」

王東來怒視著他道：「吳軍，我孫子給你臉了是嗎？」

王小軍攔住王東來道：「爺爺，不要這樣，我有言在先，不勉強。」他苦笑道，「我這麼不靠譜的人都當主席了，人家退出也情有可原。」

吳軍卻道：「我退出武協不是針對你或者你爺爺，實在是因為綿月他在會前就找過我，而且我已經答應他加入他的民協，今天的事情，我看得出綿月有理虧的地方，不過，答應過別人的事情我還是要做到，至於到底加入武協還是民協，請容我再想想，就算我決定回來，那也得先跟綿月把話說清楚。」

王小軍道：「吳哥是講究人，你請便吧。」他自我打趣道，「看來我的演講還是管用的嘛。」

吳軍帶頭一走，跟在他後面又走了十幾個，王小軍他們最擔心的事還是發生了。

王小軍嘆了口氣道：「最後我要說的就是武協的這些規定了，說實話，到底有些什麼規定，我還不是特別清楚，你們也知道我沒參加最後一天的『理論考試』，不過有一點我想闡明，就是武協會員不許插手民間事務的規定，我做一下調整吧，以後你們在街上碰見拎包的、搶劫的，該打就打，不想管也隨便，別太上綱上線，也別把自己當超人，只要不犯法，想怎麼幹就怎麼幹吧。」

請續看《這一代的武林》玖 藏龍臥虎

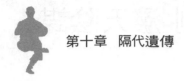

這一代的武林 捌 潑天陰謀

作者：張小花
發行人：陳曉林
出版所：風雲時代出版股份有限公司
地址：10576台北市民生東路五段178號7樓之3
電話：(02) 2756-0949
傳真：(02) 2765-3799
執行主編：朱墨菲
美術設計：吳宗潔
行銷企劃：林安莉
業務總監：張瑋鳳

初版日期：2019年4月
版權授權：閱文集團
ISBN：978-986-352-679-7

風雲書網：http://www.eastbooks.com.tw
官方部落格：http://eastbooks.pixnet.net/blog
Facebook：http://www.facebook.com/h7560949
E-mail：h7560949@ms15.hinet.net
劃撥帳號：12043291
戶名：風雲時代出版股份有限公司

風雲發行所：33373桃園市龜山區公西村2鄰復興街304巷96號
電話：(03) 318-1378
傳真：(03) 318-1378
法律顧問：永然法律事務所 李永然律師
北辰著作權事務所 蕭雄淋律師

行政院新聞局局版台業字第3595號 營利事業統一編號22759935

定價：280元　　特惠價：199元

國家圖書館出版品預行編目資料

這一代的武林 / 張小花著. -- 初版. -- 臺北市：風雲時代,2019.03-　冊；　公分

ISBN 978-986-352-679-7（第8冊；平裝）

857.7　　107018081